L'ÉCLIPSE

DU MÊME AUTEUR

LES ANNÉES-LUMIÈRE, Flammarion ; Actes Sud, coll. "Thesaurus".
LES ANNÉES LULA, Flammarion ; Actes Sud, coll. "Thesaurus".
LE CANARD DU DOUTE, Stock ; 10/18.
FEU, Stock ; *LE VOL DU FEU*, Actes Sud, Babel n° 408.
LA LOI HUMAINE, Seuil.
LA NUIT TRANSFIGURÉE, Seuil.
LE 8e FLÉAU, Julliard.
PHÉNIX, Gallimard ; Actes Sud, Babel n° 115.
LA TRAVERSÉE DES MONTS NOIRS, Stock ; Le Livre de Poche.
L'ÉNIGME, Actes Sud.
FOUS D'ÉCHECS, Actes Sud.
LA CITÉ POTEMKINE, Actes Sud.
UN FAIT DIVERS ESTHÉTIQUE, Actes Sud.
L'ORIGINE DU MONDE, Actes Sud.
LE ROMAN D'UNE MAISON, Actes Sud.
DIVAGATION SENTIMENTALE DANS LES MAURES, Actes Sud.
L'AMOUR EN FACE, Actes Sud.

ŒUVRES AUTOBIOGRAPHIQUES
LE PORTRAIT OVALE, Gallimard.
L'ANTI-PORTRAIT OVALE, Deyrolle.
VARIATIONS SUR LES JOURS ET LES NUITS, Seuil.
LE TESTAMENT AMOUREUX, Stock ; Actes Sud, coll. "Thesaurus".
J'AVAIS UN AMI, Christian Bourgois ; Actes Sud, coll. "Thesaurus".
LES REPENTIRS DU PEINTRE, Stock ; Actes Sud, coll. "Thesaurus".

ESSAI
LA FOLIE TINTORETTO, Stock.

POÉSIE
DOUBLES STANCES DES AMANTS, Actes Sud.
ÉLÉGIES A LULA, Deyrolle.

THÉÂTRE
THÉÂTRE COMPLET (TOME 1), Actes Sud.
THÉÂTRE COMPLET (TOME 2), Actes Sud.
THÉÂTRE : DERNIER REFUGE DE L'IMPRÉVISIBLE POÉTIQUE, Actes Sud-Papiers.

CHANSONS
TANTÔT ROUGE, TANTÔT BLEU (INTERPRÉTÉ PAR MONA HEFTRE), Actes Sud.

ISBN 2-7427-4352-9

Illustration de couverture :
© Rezvani, *Lula*
Cliché François Deladerrière

REZVANI

L'ÉCLIPSE

ACTES SUD

à L. M... qui sait *pour le vivre, elle aussi !*

Le 11 août 1999 à midi et demi, l'éclipse solaire a fait passer une vaste ombre sur l'Europe… pendant qu'au même moment une ombre absolue et définitive s'installait sur ma vie. Ce jour-là, par un hasard dont je ne me suis pas rendu compte sur le moment, mais qui plus tard m'a fait douloureusement sourire, nous avions rendez-vous à midi chez le Dr X, neuropsychiatre cannois, spécialiste des maladies du cerveau. En sortant de la gare, j'avais bien remarqué tous ces gens immobiles le long des rues, le visage levé vers le ciel, et tenant des verres fumés en écran devant leurs yeux. Mais à ce moment rien ne pouvait avoir prise sur mon esprit car je *savais* déjà de sûre intuition, et avant même qu'ils ne soient prononcés, quels seraient les résultats des tests, et quel serait le diagnostic. Je ne pensais donc à rien d'autre. Je *savais*, et d'avance je souffrais à la pensée qu'elle entende le mot redouté. Oui, en entraînant l'amour de ma vie à ce rendez-vous – elle si réticente car quelque chose en elle *savait* aussi et craignait ! –, je *savais* que nous étions venus au-devant du mot affreux que je redoutais d'entendre. Le neuropsychiatre nous avait fait entrer dans un petit cabinet aux stores baissés car le soleil méditerranéen était encore plus aveuglant ce jour-là… et voilà que l'ombre de l'éclipse était silencieusement passée au moment exact où il terminait les tests. Oh, une ombre impalpable, rapide et silencieuse comme si toutes les couleurs étaient devenues grises un instant. Il était étrange de voir combien le médecin, elle et moi nous étions tous les trois indifférents à cette éclipse qui passionnait le monde. Pourquoi nous serions-nous préoccupés de la lointaine petite lune et du lointain petit soleil quand le terme que nous évitions de prononcer, tout en le sous-entendant, était énorme et portait la pire violence que l'on puisse recevoir ? A la façon de parler du maigre barbu recroquevillé derrière son bureau, j'avais compris que l'état d'éloignement de celle qui occupait ma vie était cliniquement déjà bien avancé, que celle dont l'intelligence et la forme d'esprit avaient passionnément occupé ma vie était perdue… que j'étais donc moi-même perdu… et, plus désespérant encore, que j'allais la perdre davantage et davantage, peu à peu, lentement lentement, jusqu'à la perdre complètement… et que plus tard, tout au bout d'une lente dégradation de plusieurs années, je vivrais avec "une morte sans cadavre" – ainsi sera durement qualifié le stade ultime par la dernière neuropsychiatre consultée récemment à Paris –, oui, tel serait dans quelque temps l'état de celle qui pendant toute une vie fut mon unique amour, ma complice, celle qui vivait en moi, celle qui guida ma peinture, qui fit jaillir toutes mes chansons et s'épanouir mon écriture, celle que j'ai aimée sexuellement au-delà de toutes limites, oui toi mon si grand amour, ma si grande beauté embellie par tant d'intelligence ! Nous étions rentrés chez nous, dans la solitude aimée de *La Béate*, mais cette fois je ne pouvais plus douter ni espérer. “Tu vois, m’avait-elle dit, joyeuse, en sortant de chez le neuropsychiatre, j’étais sûre qu’il ne me trouverait rien et que je suis en parfaite santé ! Qui n’a de petites pertes de mémoire ? *Je suis comme tout le monde.*” Ah, ce “je suis comme tout le monde” ! Etait-il possible qu’elle ne se soit pas rendu compte à quel point les tests avaient été déplorables ? Je n’avais rien dit mais mon silence – le premier de tant d’autres par la suite – aurait dû l’inquiéter ou tout au moins l’étonner, moi qui aimais tant prolonger nos bavardages. Mais elle n’attendait déjà rien de moi, aucun commentaire. Elle souhaitait que j’évite car elle savait, tout en ne voulant pas savoir, et donc mon silence au sujet des tests déplorables lui donnait en quelque sorte un appui pour s’enfermer en elle, en elle qui savait mieux que moi et quiconque, oui pour s’enfermer dans sa forte personnalité avec laquelle elle allait commencer l’affreux voyage où plus rien venant de l’extérieur n’allait compter pour réel. C’était comme si l’éclipse avait soudain obscurci le monde, et qu’elle seule, avec sa forte personnalité… à vrai dire sa forte vitalité pour la soutenir et lui donner raison, elle seule jouissait dorénavant de la vraie lumière. Maintenant que ces longues années malades ont peu à peu enseveli les premiers symptômes, et que s’est épaissi l’étrange espace qui nous sépare, je ne retrouve plus en moi cette émotion d’espoir, ce déséquilibre inquiet qui me faisait encore retenir mon souffle en la regardant, en m’adressant à elle, en attendant d’elle ce que la femme d’amour qu’elle avait été pour moi pendant cinquante ans pouvait toujours m’apporter de neuf, d’inattendu dans le connu tant aimé, oui je l’espérais encore pareille ! A l’époque j’étais en train de la perdre déjà sans encore me douter où se situait exactement cette perte. Physiquement elle était toujours la même, ses yeux soulignés d'une ombre profonde, ses lèvres toujours aussi – je dirais – fruitées, sa façon d'aller, d'être en son si beau corps, tout ! sa lourde chevelure où quelques reflets argentés suggéraient son âge, oui tout d'elle était encore là… et cependant derrière cette beauté, je dirais infinie en ses détails, et aussi derrière ce caractère si doux et compréhensif, affleurait déjà par moments comme une dureté possible dès qu'il était question de cet être intérieur touché d'absence en train de se rassembler autour du grain compact de l'informe maladie qui prenait place en elle. Maintenant à chaque courrier, j'attendais la lettre discrètement promise par le neuropsychiatre où seraient prescrits, m'avait-il dit, les différents détails des investigations plus poussées – électrocardiogramme, électro-encéphalogramme, scanner, analyses diverses – afin de privilégier par la suite un certain médicament "retardant", paraît-il… à vrai dire un médicament psychologique pour les autres, pour l'autre, pour celui ou ceux d'autour… Et moi, à l'époque, j'avais encore la naïveté de vouloir y croire, bien qu'à observer la façon de dire du neuropsychiatre il était évident qu'aucun médicament réellement efficace n'existait. Et pourtant je voulais très fort espérer ! Pourquoi aurais-je réussi à lui faire rencontrer un neuropsychiatre si ce n'était dans cet espoir ? Pendant qu'elle, de son côté, en acceptant d'aller à Cannes pour cette consultation, elle comptait bien, quoi qu'il arrive et quoi qu'il dise, sortir de chez lui "en parfaite santé, et déclarée normale, *comme tout le monde*". De toutes les maladies, c'est sûrement la seule dont ceux qui en sont atteints nient la réalité catastrophique. J'observais avec un étonnement douloureux que, tout en ne récusant jamais la perte qui à tout propos se manifestait, celle auprès de qui je vivais de plus en plus en étranger maintenant prétendait qu'il était "normal" de n'avoir plus les repères, de n'avoir plus les mots, de ne plus trouver les noms, d'être en oubli de l'écriture, de la lecture, de ne savoir plus lire l'heure, donc d'avoir perdu aussi le sens du temps, de ne plus savoir la différence entre le soir et le matin, entre tel lieu et tel autre, d'oublier tout à mesure comme si seul l'instant avançait telle la crête d'une lame entre deux néants... oui, rien ne lui paraissait plus "normal" que cette avance continuelle dans le vide... De plus, surtout dans les débuts, son caractère si délicieux, si plein d'une gaieté profonde qui m'avait toujours tellement séduit, faisait qu'elle refusait de prendre au sérieux ce qui provoquait mes pleurs dès que j'étais un peu seul, alors qu'elle riait de ses erreurs et de ses manques. Chaque geste aberrant, chaque signe terrible de destruction de sa belle intelligence, donc chaque symptôme, étaient pour elle de comiques négligences absolument "normales", de sympathiques absurdités qui au lieu d'alourdir la vie l'égayaient à tel point que mon effroi impossible à dissimuler lui paraissait une évidente et déplorable détérioration de mon caractère. Elle ne comprenait pas que je ne sois pas amusé et même joyeux de ses confusions, que je ne rie pas avec elle de l'épouvantable paralysie de son intelligence tant admirée par moi. Moi qui avais toujours adoré, en plus de sa beauté physique, la parfaite beauté de ses remarques à propos des choses de la vie ! Maintenant cette façon d'éluder les maladresses dont elle était consciente quand même, et aussi dans une certaine mesure d'assumer ses incapacités chaque jour plus criantes, provoquait en moi une sorte de terreur. A chaque instant maintenant je savais qu'elle était bien finie la douce nonchalance de nos moments ensemble, que j'étais seul dorénavant, seul sans elle, bien qu'avec elle encore, oui, bien seul pour la première fois depuis cinquante ans que je l'avais rencontrée. Plus de partage mais la lente installation d'une vision inégale et désynchronisée de tous les faits d'une vie à deux de plus en plus divergente. Bien sûr, elle était là quand même, elle était là encore, celle de mon total amour, elle était là par son corps toujours aussi beau en ses lignes idéales – tel que mes chansons d'amour l'ont chanté ; son visage était bien son visage – tel que le peintre l'avait toujours aimé, dessiné et admiré ; ses longues mains paraissaient toujours aussi expressives – telles que l'écrivain s'était tant plu à les écrire… Oh oui, tout d'elle paraissait être bien là !… et cependant… comment me l'expliquer à moi-même aujourd'hui alors qu'elle s'est, depuis, tellement éloignée de moi ?… Quelque chose d'elle s'en allait déjà, n'était déjà plus tout à fait là ! Dans ce regard dont la profondeur m'avait toujours absorbé et tellement enivré, une légère fixité semblait déporter son attention vers quelque part ailleurs… un décalage de presque rien pendant les débuts, puis plus marqué à mesure de cette dégradation… Mais de presque rien en presque rien, peu à peu, à mesure de la progression de cette absence et son installation en elle, son beau regard aura perdu de son velouté, aura perdu de sa profondeur, aura perdu de son intelligence pour n'être plus *son* regard mais de pauvres yeux un peu hagards, sans esprit, et comme mis à nu par l'effrayant vide d'une pensée en évanouissement… Et je me dis aujourd'hui par ce matin d'été 2002 : voilà donc plus de cinq ans que les symptômes de ce mal ont commencé à se préciser au point d'être cernables, nommables ; voilà plus de cinq ans que se préparait cette suite fatale ; déjà cinq ans que s'esquissait un début de trouble dans ce regard où j'aimais tant pénétrer tout en étant pénétré par lui… et dans lequel maintenant presque plus rien ne vit lucidement ; voilà plus de cinq ans aussi qu'une certaine raideur des muscles de la face se laissait deviner ; de même qu'une légère perte de souplesse dans la souple démarche que j'ai toujours tant aimée pour l'impression de liberté qu'elle donnait à ce corps dont chaque mouvement m'était si précieux. J'écris aujourd'hui sans innocence. Ces longues années, je les ai vécues vraiment minute après minute comme une lente incarcération ; de nuit comme de jour je n'ai pensé qu'à ça, j'ai vécu *cela* dans une tension impossible à imaginer, comme impossible à transmettre. En moi s'est raidi ce savoir horrible d'une présence enchaînée à moi à laquelle au moins j'aimerais apporter quelque apaisement. Mais quel apaisement peut-on transmettre à quelqu'un qui se prétend en parfaite santé et qui pense avec une émouvante simplicité que c'est vous le “malade” puisque vous ne vous comportez pas selon le caprice de celle qui se sait en aussi bonne santé que *tout le monde* ?… sauf qu'elle sent, plus en dessous, dans des régions informes et secrètes de sa conscience, elle pressent un manque terrible, en souffre et l'avoue parfois. Comme il m'est difficile de garder assez d'amour en moi pour ne pas m'effrayer de cette nouvelle femme qui émerge de la femme tant aimée devenue d'autant plus méconnaissable que tout d'elle est encore là mais *sans elle* ! Est-il possible que d'avoir trop adoré, jusqu'en ses moindres détails physiques et intellectuels, cette femme qui fut si mienne au point d'être moi-elle, comme elle a été moi, oui est-il possible que par ce trop de proximité étroitement maintenue pendant cinquante ans, me voilà aujourd'hui comme détaché, tranché d'elle avec tant de violence que je me dis avec effroi : mais qu'était cet amour pour qu'il se soit tari si désespérément ? Etait-ce donc son "âme neuronale" que j'ai adorée ? Son esprit qui avait si splendidement transcendé son corps ? Car non seulement il ne m'attire plus mais agit négativement sur moi. Plus envie d'elle, bien que terriblement agité de désir… mais pour *elle d'avant.* Je la veux, elle, pas une autre, elle, l'aimée d'avant ! Ah, comme je la désire mon amoureuse d'avant ! Alors que celle de maintenant me dessèche car *il y avait autre chose en elle, quelque chose qui n'est plus.* Comment comprendre cela ? Tant d'attirance, maintenant révulsée en une sorte de compassion douloureuse… mais oui, j'ose l'aveu : une compassion répulsive, animée par une force comme retournée ainsi que deux aimants aux pôles inversés ! L'intelligence, cette "âme neuronale", agirait-elle, entre deux corps s'*aimant*, comme une sorte de fluide électrique positif ou négatif ? La beauté, telle que je l'aime et l'admire, ne serait donc que l'habillage de l'intelligence ? Sans "l'âme neuronale", ne resterait-il qu'une sorte de machine à bouger-dormir-manger… ainsi qu'à produire les restes ? Et en cette machine sans l'esprit tant aimé, je ne peux et ne veux la reconnaître. Qu'il est cruel et désespérant d'écrire cela ! Mais, en commençant ces pages, j'attendais que s'inscrive sous mes yeux ce que je n'osais penser ni même imaginer, sachant que par l'écrit s'imaginent et se mettent en forme malgré nous les cauchemars du réel. Car mon-notre réel est devenu un cauchemar dont je sais qu'il ne porte en lui aucune chance de réveil. Une maladie sans espoir de guérison n'est même plus une maladie… ni même un cauchemar. C'est déjà de la mort. Et la généreuse promesse d'une "morte sans cadavre" lancée par cette grande neuropsychiatre parisienne, il y a quelques mois, équivaut à une double condamnation dont je suis décidé à me défendre et à la défendre, même sans espoir, jusqu'au bout, plongé dans ce cauchemar malheureusement éveillé… nommé Alzheimer ! Ça y est ! Je l'ai donc enfin écrit !… Il s'est écrit !… Ce matin c'est le plein été, depuis ma table de travail, à travers le rideau de perles je vois et je m'émerveille de la beauté des grands eucalyptus qu'un léger mistral balance. Ces eucalyptus que nous avions plantés ensemble il y a bien des années, elle les aime et les connaît sans pouvoir cependant les nommer ni même prononcer le mot *arbre* pour les désigner quand elle veut me dire qu'elle les trouve beaux… car elle a gardé un sens infaillible de l'esthétique des choses… sans savoir la plupart du temps comment se nomment ces choses. J'écris pendant qu'elle, au-dessus de moi, dans ce qui fut *notre* chambre, se repose et somnole comme chaque matin. Moi-même, je suis épuisé par un manque de sommeil permanent. Depuis toutes ces années de dérive, je passe mes nuits à *construire* une possibilité de survie pour elle avec moi. Comment, où, en quoi trouver assez de force pour vivre encore sans la lâcher dans ce qu'on nomme par euphémisme : "une maison de repos" ? Maison de repos pour qui ? Pour celle qu'on enferme de force ? Quel "repos" ? Pour celui qui s'est débarrassé de l'être qui a vécu en votre vie ? Quel "repos" ? Un tel déchirement peut-il apporter le repos ? Alors, la nuit on construit sans fin des sortes de structures mentales dans lesquelles on cherche à contenir et donner forme à l'effroi de l'avenir. Ce furent pour moi diverses solutions qui l'une après l'autre ont été abandonnées. Vendre *La Béate*, et avec la somme importante qu'elle représente acheter à Paris une maison assez grande pour y loger une ou plusieurs aides… Car avant tout c'est d'aide qu'on a besoin. Sauf que la maladie empêche là aussi toute accoutumance à qui que ce soit. Le malade ne peut plus s'attacher puisqu'il ne met plus en mémoire, puisqu'il ne peut plus nommer ni reconnaître ne serait-ce qu'une personne qu'il voit tous les jours… Heureusement *La Béate* ne fut pas vite vendue ce qui permit de trouver une location inespérée à Paris. Nouvelles complications ! Pour qu'elle accepte de se croire "chez elle" là-bas, sa chambre de *La Béate* fut déménagée à Paris. Meubles, tableaux, objets familiers l'entourèrent là-bas. En vain ! Chaque matin, au réveil, c'était vers le Midi qu'elle exigeait de retourner… sauf que maintenant chaque matin, ici, c'est vers Paris qu'elle exige symétriquement de retourner… Cet obsessionnel désir d'être ailleurs déclenchait en moi de sombres colères, jusqu'à ce que je comprenne que ce n'est ni vers Paris ni vers le Midi qu'elle souhaite fixement retourner mais vers son enfance, vers la protection maternelle, vers la douceur amoureuse d'une mère pour laquelle elle avait une profonde adoration. Ce retour vers sa mère, j'avais mis du temps à le comprendre… jusqu'à une certaine nuit où réveillée en pleurs, alors que je la consolais en la berçant contre moi, elle me demanda, me fixant droit au visage : "Tu es ma mère ?" – ce qui me bouleversa. Elle avait perdu mon nom… et même le sens de mon sexe ! Depuis, je comprends vers qui son esprit s'en va quand je la surprends les yeux perdus, étendue sur le dos, des larmes au bord des cils… et je m'empêche de la pleurer devant elle. Elle n'est plus là mais ailleurs, elle est très loin de notre temps, réfugiée dans l'innocence des années enfantines où tout était douceur et protection…

*

Donc le jour de l'éclipse, nous étions revenus de chez le neuropsychiatre cannois. Et, sans rien dire, j'attendais la lettre promise par lui. Mais, au contraire de ce que je croyais, cette lettre ne me fut pas adressée directement, comme s'il n'avait pas osé lancer de front une si terrible nouvelle. Ce fut un soir par téléphone qu'un médecin "ami" et collectionneur de mes tableaux de jeunesse se fit le messager de cette condamnation qu'il nomma sans prendre de ménagement. "Je viens de recevoir une lettre de mon ami et collègue le neuropsychiatre X chez qui je vous avais envoyés. Il a préféré m'écrire à moi, votre ami, pour que la nouvelle vous parvienne atténuée. Le diagnostic est terriblement catastrophique. La maladie d'Alzheimer est déjà très avancée chez elle… c'est sans espoir…" Je croyais le *savoir* et cependant je reçus le choc comme si j'étais ignorant de ce que je vivais déjà depuis quelques années, et que forcément j'avais nommé secrètement en moi. Oui, je reçus le mot comme si ce mot n'était pas un mot mais un lourd caillou volontairement asséné sur mon crâne. Je chancelai sous ce coup, si bien qu'elle en fut effrayée tellement j'avais pâli, incapable de répondre à "l'ami" médecin-collectionneur. Suivait un long détail de ce qui nous... ce qui à vrai dire m'attendait. Au contraire du souhait de ce neuropsychiatre qui n'avait pas eu le courage de m'annoncer directement son diagnostic, "l'ami" médecin-collectionneur semblait prendre un plaisir sadique à bien préciser de quelles sortes seraient les tortures auxquelles j'étais destiné par la faute de ma pauvre amoureuse condamnée. Il détailla la lente détérioration à venir... et en particulier les soirées de tête-à-tête tragiques en perspective – ce qui n'était que trop vrai car c'est surtout vers le crépuscule que les angoisses s'avivent aussi bien chez ceux qui sont atteints de cette horrible maladie que chez ceux qui les accompagnent. Cet acharnement à bien m'expliquer notre sort, je n'y fis pas attention sur le moment. Seul le mot qualifiant ce mal affreux résonnait en moi... mais plus tard, et à la suite de nouvelles approches tout aussi cruelles du médecin-collectionneur, je compris que cette prise de pouvoir sur la douleur fait partie de la raison d'être de certains praticiens frustrés par l'existence – ce qui était son cas, notoirement dans sa vie de couple. Bref, je raccrochai et me tournant vers mon amour, étonnée de me voir à ce point pâle et vacillant, je lui avouai franchement l'abominable nouvelle. Ici, je dois dire combien je fus ébloui de la réaction de celle qui aurait dû être tout au moins aussi effrayée que moi. Elle se jeta en pleurant dans mes bras et, m'embrassant, elle m'assura qu'elle allait lutter de toutes ses forces pour rester lucide ; cette maladie, elle me jurait qu'à nous deux nous arriverions à la dominer ; qu'elle ne craignait pas cette épreuve car nous étions forts tous les deux *ensemble*... et que ce coup terrible de la vie serait transformé en un *plus* entre nous – ce que moi-même je voulus croire, en le constatant pendant les quelques semaines où l'informe douleur fut acceptée presque objectivement par elle. On aurait dit que, la maladie ayant été nommée par des tiers, elle se sentait comme délivrée d'une sorte de pesante incertitude. *Ça* avait un nom, *ça* avait donc une forme, *ça* n'était pas qu'en elle, *ça* n'appartenait pas qu'à elle, *ça* n'était pas qu'entre nous, *ça* ne venait pas de nous surtout. Maintenant nous parlions *presque en plaisantant* des mots introuvables pour elle, que je lui lâchais par bribes comme on le fait avec les enfants auxquels on apprend une langue étrangère ; nous jouions *presque* aussi à remettre en forme les noms d'amis ou de connaissances qu'elle ne pouvait retrouver. C'était bien là son beau caractère qui ressurgissait puisqu'elle avait toujours aimé tourner en rires joyeux ses rares maladresses... jusqu'au jour où soudain le mal prit définitivement le dessus et se mit à progresser par violentes secousses... lui laissant cependant encore de temps en temps d'exceptionnels moments de clarté pendant lesquels nous réussissions à en reparler un peu, ce qui nous donnait surtout l'amer bonheur de pouvoir *nous* pleurer brièvement ensemble... Attention, ces écrits ne sont pas une plainte qu'il me serait nécessaire de communiquer. Non, si j'écris le détail des faits provoqués par cette maladie mystérieuse, c'est par un besoin de *création, de dérivation par la création*. Analyser par l'écriture mon-notre parcours jette hors de moi de l'obscur, de l'informe, me permet de "créer un objet écrit" à partir de cet anéantissement, de lui donner forme, de le transformer en un "plaisir" désespéré – car quoi qu'on écrive un "plaisir" très particulier vous guide, vous entraîne, vous met en distance… tout en vous rapprochant du cœur même de cette obscurité que l'on interroge. Oui, je souhaite interroger cette maladie qui m'a enlevé mon amour de toute une vie, comme je souhaite interroger symétriquement la "maladie", en quelque sorte parallèle, qu'Alzheimer développe chez les proches qui accompagnent les sujets atteints… Donc, profitant du choc de la conscience que cette révélation de son mal avait momentanément provoqué en elle, je réussis à l'amener jusqu'à un hôpital où l'électro-encéphalogramme, un scanner du cerveau et diverses analyses furent pratiqués. Tout confirma le diagnostic, d'ailleurs redoublé par une jeune neuropsychiatre qui me dit : "Voulez-vous que je vous indique un psychologue ? Car sachez-le, ce sera vous qui supporterez tout le poids du drame que vous êtes en train de vivre." Je répondis que j'étais assez psychologue moi-même pour m'en sortir. Nous avions échangé ces mots devant mon pauvre amour qui souriait gentiment et riait même de la situation qu'elle trouvait inutilement absurde. Pourtant elle venait une fois de plus de subir une série de tests tout aussi catastrophiques que les premiers. Oui, elle souriait gentiment et riait, évitant de comprendre que c'était de *nous* qu'il s'agissait. De plus, la jeune neuropsychiatre, après avoir essayé de lui faire écrire une page, puis de la faire signer de son nom – en vain –, lui avait dit : "Vous ne devez pas perdre l'écriture ni votre signature. Au moins recopiez chaque jour une page de journal, et tâchez de vous exercer à signer votre nom. Il est indispensable qu'*au moins* vous ne perdiez ni l'écriture ni votre signature." En sortant de chez la neuropsychiatre, j'achetai un grand agenda dans l'espoir qu'il servirait en effet à ces exercices d'écriture et de signature. Mais, rentrés chez nous, c'est avec une colère que je ne lui avais jamais encore vue qu'elle refusa – son orgueil ne supportant pas d'obéir à quelque ordre que ce soit. Alors, par une sorte d'exaspération froide, je décidai que cet agenda serait dorénavant utilisé par moi pour y inscrire certains moments douloureux et invivables, quand il me faudrait, *seul avec moi-même*, absorber l'immense désespoir de cette perte quotidienne d'une femme que j'avais tant adorée. Et c'est à Venise que je commençai à prendre les notes que je me promets de citer ici car c'est sur le vif d'une impossible souffrance que je les ai déposées dans cet agenda acheté avec encore tellement d'amour pour elle. Avant de poursuivre, je dois signaler qu'aujourd'hui, le 11 août 2002 – oui, par une étrange coïncidence un 11 août aussi ! –, nous avons entendu à la radio une nouvelle qui aurait dû au moins éveiller en elle une réaction dans sa conscience embrumée. L'acteur américain Charlton Heston vient, à l'exemple de l'acteur-président des Etats-Unis Ronald Reagan, de faire ses adieux à la vie publique en révélant lui-même, à la télévision, qu'il est atteint de la maladie d'Alzheimer. Nous étions donc aujourd'hui en train de déjeuner dans la véranda quand cette nouvelle fut annoncée. J'arrêtai de respirer, guettant la réaction de celle qui devait quand même *se savoir*, pensais-je, atteinte elle aussi de ce mal… Mais rien ! Elle continuait de manger tout en commentant avec tristesse ce malheur qui touchait l'acteur américain. Bien sûr cette nouvelle ne la concernait pas ! Ce fut cette fois pour moi comme un coup très vif au creux de l'estomac. Donc elle ne sait plus, même tout au fond d'elle, qu'elle est malade de cette même maladie. Elle plaint *les autres* comme on plaint, bien installé dans son confort personnel, ceux qui n'ont pas la chance d'être en bonne santé, comme vous l'êtes vous-mêmes !... Ouvrant l'agenda, je constate avec étonnement qu'il n'y a pas plus de deux ans que j'avais commencé à prendre les notes qui en remplissent quelques feuillets – du 23 mai au 24 juillet – puis s'arrêtent faute de courage, je suppose. Avant de continuer ces pages, je vais quand même tenter de recopier ces notes, qui je crois montrent bien de quelle intime douleur un homme peut être torturé par la perte vivante de son amour. – 23 mai 2000, j'écrivais : “Cet agenda, je l'ai acheté pour elle, dans l'espoir qu'elle ferait l'effort *thérapeutique* de s'obliger chaque jour à rester en contact avec le «réel social» de sorte qu'elle ne se réconforte pas de ce flou où elle se réfugie sans s'en rendre compte et sans vouloir en convenir. Aujourd'hui, après que cet agenda est resté sur son bureau pendant quelques jours, oui voilà qu'aujourd'hui elle refuse encore de l'utiliser et me le rend, me promettant d'écrire *quand même* chaque jour quelques mots... mais libres, sur une feuille, sans cette contrainte d'un carnet relié... Bon ! Combien je le souhaite pour elle ! J'ai si peur de la voir peu à peu entrer en «tranquillité» face à ce mal que je m'efforce de ne plus évoquer pour ne pas empoisonner notre vie. Mais que j'en suis malheureux ! Sentiment que sa volonté s'est dissoute. Elle qui était si consciente, si vitale, si désireuse de tenir en main sa vie !…"

"Ce soir, nouvelle douleur ! Ecrivant tous les deux quelques mots sur une feuille pour C., elle n'arrive pas à tracer les lettres, redoublant certaines, laissant de grands espaces entre d'autres. Ce qui me peine, c'est qu'elle refuse de *voir* sa catastrophique écriture – elle qui avait la plus belle écriture que j'aie jamais vue !"

"Comme elle refuse d'écrire chaque jour – la neuropsychiatre l'en avait priée pathétiquement ! –, j'ai décidé de me servir de «son» agenda pour noter les douloureuses répétitions des symptômes disant ce que malheureusement son orgueil refuse de reconnaître quant aux détériorations de ses falcutés cognitives. Ah, pourquoi *elle* ! *elle* si merveilleuse, si douce, si intelligente ?… mais à laquelle je ne peux rien dire sans qu'elle se refuse à cette réalité-là ! J'ai peur de ce plus tard où *elle aura raison* contre tous : ce qui est une des caractéristiques vraiment tragique de cette maladie."

"(De retour à Venise le 8 mars 2001. – Elle ne sait plus écrire et a perdu sa signature. «Rezvani ? comment ça s'écrit ?» m'a-t-elle dit…)"

"Nuit dans le train… horrible !
Plus elle !
Un être malheureux de bouger.
Cependant, dans son malheur, me plaignant de la «supporter». (Soir du 8/3/2001.)"

"Vendredi 26 mai. – Hier, journée sans «problèmes», c'est-à-dire : je n'ai à aucun moment réagi aux symptômes de son mal qui «diminue» la mémoire et surtout l'entendement de celle que j'aime et à laquelle – hélas ! – je m'abstiens de faire remarquer… à laquelle je m'abstiens de plus en plus de faire remarquer ces manques et ces *trous* qui alourdissent nos moments dès qu'il est question du réel tel qu'il se présente par les noms, par les mots, par les personnes dont elle ne peut retrouver les signes qui les distinguent – elle qui avait une parfaite mémoire des visages, des noms, des signes distinctifs. Ah ! que faire ?

De plus, je sens chez elle – et le médecin l'a compris aussi – un refus viscéral de se «soigner». Pour elle – si je n'avais pas la cruauté de le lui rappeler –, elle n'a rien, sa mémoire ne lui dit plus qu'elle perd la mémoire. Aujourd'hui, après lui avoir rappelé *que quelque chose ne va pas*, elle se vexe, j'insiste, elle se fâche, je veux qu'elle comprenne ne serait-ce qu'un peu – elle m'en veut… Elle est descendue à l'instant me parler gentiment – car elle est toujours douce… mais ferme sur ce qu'elle pense de son état –, doucement elle a voulu m'expliquer qu'il fallait *vivre* comme si tout allait bien – car elle se sent bien –, mais moi (qui ne pense qu'à moi, selon elle), moi je ne fais que pallier et remplir les trous de son entendement ! Elle tant aimée !"

"Journée sans «problème» – c'est-à-dire sans prendre le risque de lui faire sentir à quel point je dois lui re-expliquer *qui, quoi, où, comment* ?

Et quand, au bout d'une très longue explication – si j'en ai pris le courage –, je réussis à faire surgir chez elle le souvenir de ce *qui* ce *quoi* ce *où*… elle fait comme si c'était moi qui m'y prenais mal. Bref, j'avance avec circonspection à propos de tout ce qui est extérieur à nous… Dur !

Très difficile vraiment ! Difficile extrêmement car j'aime en elle ce que j'ai toujours aimé et admiré. Je ne me lasse pas de sa beauté, de sa gentillesse *totale*, de sa profonde bonté… Aimer pendant cinquante ans la même… et toujours l'aimer dans tout ce qui est elle et dépend d'elle… Mais il y a cette «chose», ce parasite, cette régression de l'entendement… Elle qui était si «construite» en son esprit ! Elle qui se substituait à moi pour ce qui était le *concret* de la vie ! Et la voilà adorable comme une enfant… moi qui n'ai jamais voulu d'enfant !"

"Ce soir mésentente. Toujours à propos de cet effort de re-travail, de récupération de son écriture : «Tu te serais cassé la jambe, je lui dis, tu essaierais de retrouver ta mobilité en faisant une gymnastique de rééducation, non ? Alors fais au moins des pages d'écriture !» Elle s'y refuse farouchement et m'accuse d'autorité. Moi qui pendant toute ma vie ai fui les obligations et surtout ces sortes de responsabilités ! Alors quoi ? Laisser tomber ? L'abandonner à elle ? Elle ? Mais qui est-*elle* maintenant ? Je ne vois pas de solution ! Oui, la laisser à elle-même tout en étant attentif à son bien-être ? Et pourtant, cette écriture schizophrène me désespère ! Elle n'arrive plus à tracer les lettres ! Mais ce qui me désespère surtout, c'est cette perte de volonté – elle si volontaire *avant* ! Vais-je gémir chaque jour ? A dire vrai c'est cette incapacité terrible que je sens en moi pour affronter ce qui nous attend. Les symptômes en expansion sont si flagrants de ce vers quoi ça va… Comment tiendrai-je ? Cette maladie terriblement sournoise est à double face : celle qui en est atteinte et ne le sait *(presque)* pas… et l'autre qui en souffre à chaque instant – car chaque mot, chaque réaction de celle que l'on aime est un rappel disant : toi tu sais, donc doublement tu es malade du fait qu'elle ne le sait pas !"

"Mardi 30 mai. – Journée sans «histoire». Rien n'est venu nous rappeler *ça.*"

"Mercredi 31 mai. – Pareil. Journée gaie. Elle comme je l'aime. Telle que je l'adore !"

"Jeudi 1er juin. – Hélas ! aujourd'hui me voilà revenu à cet agenda que j'aurais tant aimé voir se remplir de sa si belle écriture perdue – et qu'elle ne veut plus recouvrer. Une sorte de paresse terrible s'est abattue sur elle ; un ralentissement qui me fait mal. Recoudre un bouton lui est devenu impossible – si bien qu'il m'a fallu en recoudre un sur le col de son manteau, en douce, de nuit, car elle n'y réussissait pas et s'en vexait. Aujourd'hui des détails mesquins nous mettent en malentendu. Elle se refuse à admettre ses ralentissements, ses incapacités qui augmentent chaque jour, ses pertes de repères. Et si elle est obligée d'en prendre conscience, elle s'en tire en me chargeant de torts stupides, comme par exemple d'être trop rapide, trop pressé… Je ne peux entrer dans ces détails mais le résultat est catastrophique, me sentant injustement jugé d'être à mon rythme naturel d'action, de décisions, de fonctionnement – rythme universel à vrai dire –, je réagis méchamment. Je veux qu'elle admette qu'*avant* ces symptômes il n'y avait jamais eu de ces sortes de malentendus, de reproches. Bref, à ma honte me voilà exaspéré, comme l'était B. dont J. atteinte elle aussi d'A. lui en faisait subir les terribles conséquences.

Comme lui, me voilà en train d'écrire ma peine sur un même agenda… qu'il ne pouvait s'empêcher de venir nous montrer. Mais surtout ce qui me navre, c'est que j'écris cela avec une certaine lassitude… et même avec une rancœur injuste puisqu'elle est *innocente*. Ah, combien cette innocence me peine !"

"Vendredi 2 juin. – Cette nuit (il était quatre heures du matin, les merles commençaient à lancer leur chant et le jour se levait déjà sur le petit canal, désert sous nos fenêtres), elle m'a bouleversé au-delà de ce qui peut être imaginable : Elle m'a demandé d'abord «ce qui était prévu», je lui ai dit que rien n'était «prévu» et que notre vie ici, à Venise, était sans surprise : «Donc dors, ma chérie, sans t'inquiéter», lui ai-je dit. Et voilà qu'elle m'a parlé de sa *solitude* à l'intérieur de ce mal qu'elle nommait «cette saleté», pour une fois avec objectivité. Ce fut long, entre nous, d'approcher ce qu'elle arrivait difficilement à exprimer, ma pauvre petite chérie ! de ce qu'elle ressent *seule* avec cette barrière entre elle et le réel. «Mais je suis là pour t'aider à communiquer avec le réel», lui ai-je dit – oui, elle me fait confiance, dit-elle, mais «c'est terrible», dit-elle. Ah, comme dans le noir de la chambre il est dur, très dur d'entendre l'amour de sa vie dire cette souffrance… et à la fois me dire quelle confiance elle me fait. Et cependant, quand nous abordons la question de la soigner, elle se rétracte, prétextant ne vouloir compter que sur sa *volonté* – elle qui n'en a même plus pour récupérer son écriture si belle ! J'ai peur de son… de notre avenir au cas où le médicament promis pour juillet ne procurerait pas un arrêt dans la dégradation de ses capacités cognitives ! Par moments je me doute de ce que cela peut… va devenir – et j'ai peur, très peur !"

"Samedi 3 juin. – Journée «innocente»."

"Dimanche 4 juin. – De même…
Je me tais sur ce qui m'effraie…
Peur…"

"Lundi 5 juin. – De même…
Sauf que l'approche du départ pour Paris…"

"Trop de petits symptômes…
Je me tais et songe avec inquiétude au rendez-vous de juillet avec la neuropsychiatre…
Il faut qu'elle accepte…"

"Mercredi 7 juin. – Bientôt le départ pour Paris…

Début de malaise à propos de ce départ…

Surtout au réveil quand elle cherche *où, quand, comment*…

Je la rassure. J'essaie d'éluder…

Problèmes de maquillage. Elle se sert «par distraction», dit-elle, du crayon noir à sourcils comme d'un bâton de rouge à lèvres.

C'est avec beaucoup de précaution que je le lui laisse entendre. Elle surmonte son énervement (de ce que je lui ai dit) et admet à contrecœur s'être trompée «par distraction». Cela jette une gêne entre nous… qui peu à peu arrive à s'estomper. Terribles, ces maquillages qui deviennent de plus en plus appuyés, caricaturaux – alors qu'*avant* elle y mettait tant d'art, de subtilité… Comme je suis désolé de *trop en voir* et d'en avoir peur – car j'ai très peur…

Il reste les câlins d'enfant, oui, une sorte de tendresse enfantine de la femme à jamais perdue…

Quoi, tellement de réactions que je ne reconnais pas chez elle… En même temps, j'écris *Le Roman d'une maison* où revit celle que j'aime… ou plutôt celle que j'ai tant aimée, telle qu'elle était… *solide*, se ressemblant toujours… bien qu'aujourd'hui le charme soit là, encore mais de plus en plus altéré…

Mais cette peur des détails qui à aucun moment ne me quitte. Ils sont la preuve de terribles changements en profondeur…"

"Jeudi 8 juin. – Cet hiver, elle a lu *Le Canard du doute*. Mais elle a oublié cette lecture qu'elle *recommence* à nouveau. Lit-elle vraiment ou fait-elle semblant ? Pendant des jours, je constate, sans qu'elle s'en rende compte, qu'elle garde le livre ouvert toujours à la même page."

*

Cette lettre, parmi d'autres, retrouvée dans mes papiers : "Tu sais, c'est très très difficile à vivre, ce monceau de petites pertes de mémoire que tu refuses de reconnaître – ce qui te fait paraître de mauvaise foi devant les mille et mille difficultés dont tu es… dont nous sommes embarrassés. Au lieu d'admettre ces difficultés pour ce qu'elles sont – donc accepter de voir en face certaines incapacités «de réapprendre» si ce n'est de perpétuer des pratiques jusqu'ici habituelles de toilette absolument nécessaires pour tes dents, par exemple… tu t'insurges de tout ton orgueil et tu nies ce par quoi tu ne cesses cependant de me solliciter… et donc malgré toi de me soumettre.

Serais-tu à ce point atteinte dans ta capacité de compréhension de ces phénomènes terribles qui *nous* accablent ? Affreuse situation ! Toi si merveilleuse dans tous les détails de la vie courante, dans ce qui t'est habituel, te voilà tout à coup handicapée devant certaines séries de gestes que tu ne peux perpétuer ni d'autres auxquels tu ne peux t'habituer et que tu ne peux donc assimiler comme naturels. Et, pareille à une aiguille posée sur le même sillon, tu me demandes et me redemandes les mêmes choses que je mets toute ma patience à t'expliquer et réexpliquer des dizaines de fois, en vain… et finalement à accomplir moi-même là où tu es incapable de les accomplir, toi. Tu te fâches, tu t'énerves quand je cherche à te faire *comprendre* que ce sont là des signes d'anormalité… car reconnaître ces signes pour ce qu'ils sont c'est encore de la santé ! Mais toi, bien que faisant sans cesse appel à moi – et je t'y encourage –, tu m'en veux de t'assister, et au lieu de reconnaître cette assistance sollicitée tu prétends que «tout le monde» peut se trouver dans cette situation. Cette banalisation, dans ton esprit, dit ton manque de recul pour objectiver un handicap qui ne vient pas de toi. Ramener ces incapacités cognitives à ce «tout le monde», c'est donc nier le long, le constant effort que je fais pour t'aider, aussi discrètement que possible, pour te conduire comme si de rien n'était, quand à vrai dire c'est par moments comme une sorte d'aveuglement chez toi devant les choses les plus simples. Et pourtant, aurais-tu été brusquement frappée de cécité, tu serais bien obligée de reconnaître cette affreuse incapacité… et donc tu reconnaîtrais les soins que je mets à «te conduire». Tandis que là, par ces «trous», tu te trouves incapable de comprendre que tes demandes d'aide ne sont pas communes à «tout le monde» mais, hélas ! *normales* dans ton cas d'anormalité. Il le faut, je ferai tout ce que je peux pour que tu gardes à tout prix ta capacité de comprendre et de reconnaître tes difficultés – c'est te maintenir encore en santé, ma chérie, comprends-le ! Ce qui me désespère, ce sont ces terribles poussées d'orgueil qui t'aveuglent sur toi-même. Tu refuses le mal qui *nous* frappe et, en le banalisant, tu refuses aussi de mettre toute ta volonté à vouloir te soigner. L'obscurité de la compréhension de ton mal fait que chez toi les soins nécessités par ce mal te semblent plus dangereux que ce mal. Pourtant, ma chérie, mon amour, il m'a fallu, au moment de certaines de nos crises de désespoir, face à ce terrible malentendu, oui il a fallu pourtant que je te *dise* ce qu'était cette maladie d'Alzheimer, il a fallu de moi cette «cruauté» ! J'ai tenté plusieurs fois de te faire prendre conscience de quel insupportable avenir présageait cette maladie ; je t'ai expliqué que «l'autre», celui qui assiste, est peut-être encore plus gravement atteint que le malade lui-même car il voit, il relativise, il subit les symptômes, il se désespère *seul,* oui *seul* ! il ne sait comment réagir, il ne sait comment agir, il souffre de la relative indifférence… et surtout de l'ignorance involontaire de l'être qu'il aime et avec lequel il ne peut partager à égalité, et la reconnaissance de ce mal, et le désir effréné de soigner ce mal. L'aveugle se sait aveugle et donc se trouve en quelque sorte sur un plan égal avec celui qui le conduit par la main… «La mémoire qui flanche» détruit cette égalité, et donc nous met en déséquilibre. Tu me regardes avec des soupçons inouïs. Tu finis presque par m'accuser d'inventer ce mal, d'en exagérer les symptômes…

quand pourtant tous nos amis, nos proches et nos moins proches n'ignorent pas, au bout de quelques phrases, au bout d'un moment passé avec nous que «quelque chose ne colle pas». Mais là encore, tu vas jusqu'à me soupçonner de les avoir prévenus sur *cela*... comme si tes trous de mémoire, tes manques de mots, tes absences de noms propres ou de noms génériques ne disaient pas clairement ce que moi je supporte à longueur de temps dans une terrible souffrance de toi, oui toi mon amour ! Chérie, je t'en supplie, accepte ces signes, accepte ce que je t'en dis non pas pour t'en accabler mais au contraire pour t'en fortifier en les assumant avec ton intelligence que j'aime peut-être plus que je n'aime ta beauté... oui, pour t'en fortifier contre cette maladie que je veux à tout prix stopper, dont je veux à tout prix arrêter l'évolution sur ses marques présentes. Te garder en *éveil* ! Il faut, ma chérie, que tu coopères ! Il faut me faire confiance car je suis un malade symétrique de ton mal, et surtout un malade *conscient* ! Ta maladie est horriblement mienne, ma chérie, comprends-le, elle est *nôtre*, je l'assume... mais tu ne dois pas, par un orgueil déplacé, nier ce mal sur lequel à longueur de jour nous trébuchons... et si ce n'est toi, moi je trébuche à en pleurer dans mon coin. Voilà ! Tu vois, ce matin tu es venue me demander de t'«aider». J'ai abandonné immédiatement mon travail d'écriture, je suis venu dans la salle de bains... et puis voilà que ça t'a agacée, tu t'es rebellée, tu as fait comme si tu avais pu ne pas avoir besoin de moi... Tu avais *oublié* l'interruption forcée, provoquée par toi, de mon travail... que je n'ai pas pu reprendre d'ailleurs – d'où cette lettre. Tu ne la liras pas – pas plus que les autres... mais c'est à toi, toi que j'aime, qu'elle s'adresse, malgré tout. – Celui qui t'aime !"

Cette lettre recopiée, je me demande par quelle voie poursuivre ce "récit" ? ce "document" ? cette sorte de "confession" ? cette "investigation" ? Oui, comment ne pas tomber dans la plainte ni dans une distribution des rôles d'un terrible duo dont j'ai la douleur de construire un texte écrit ? Comment saisir ce mal plutôt que rester à le subir sans rien faire… ni en faire ? Bien sûr, il serait "normal", comme "tout le monde", de me plier sans rébellion à cette vie d'accompagnement. De m'incliner devant cette affreuse maladie sans divulguer par quoi mon amour et moi nous passons. Mais ce n'est pas sans avoir sérieusement réfléchi que j'ai pris le parti de *dire*. Pourquoi ? Eh bien parce que ! N'est-ce pas la seule bonne raison ? Une raison sans réplique. Oui, parce que ! Divulguer par l'écrit… ou glisser à la folie ? Alors le défi d'explorer par l'écrit un territoire resté la plupart du temps secret. Nulle peur de la cruauté d'une telle exploration ! Le silence m'effraierait davantage. Et puis il me semble que c'est en avançant par l'écrit, oui ! que pareil à Orphée, et en évitant de trop me retourner sur les merveilles d'elle – écrites et mises en art tout au long de notre vie d'un bonheur d'autant plus bouleversant qu'il est perdu –, j'arriverai à la sauver de l'enfer-Alzheimer ! Comme Orphée, en effet, je ne tenterai pas de la comparer à celle d'avant – *celle-là* est perdue à jamais ! Non je la veux encore vivante… pourvu que j'arrive à l'arrêter là, au bord extrême du gouffre de l'inconscience ! Ce n'est plus *elle*, mais ce n'est pas encore du "rien-vivant", une "morte sans cadavre" telle que me l'a promise cette neuropsychiatre de Paris, consultée en désespoir de cause l'hiver dernier. En l'écrivant et en m'écrivant, je tente un ultime sortilège ! Me mettre en équilibre avec cette maladie. La défier par les mots – puisque les mots, c'est ça *l'humain* ! Les mots sont notre cerveau et donc le calque aussi juste que possible de notre intelligence *humaine*. Je veux, par les mots – ces inconnus –, maîtriser ma panique et donc ne pas rester muet et inactif devant cette chose à vrai dire "indicible". Je la dirai par tous les moyens, jusqu'à l'ivresse du désespoir s'il le faut ! Alors tout en poursuivant le "récit" de cette avance à deux sur le gouffre le plus obscur et profond qu'un couple ayant connu l'amour… osons employer ces mots malheureusement trop usés par les surréalistes : qu'un couple ayant connu "l'amour *totalement* fou", "l'amour-passion"… oui, tout en poursuivant cette terrifiante avance sur le néant, je veux rester droit et lucide tout en tenant fermement la main de celle qu'aujourd'hui les médecins et ceux de mes amis qui ont peur pour moi me conseillent de mettre dans une "maison spécialisée pour malades d'Alzheimer". A quoi je réponds : jamais !… C'est pour cela que je suis décidé à poursuivre dans ces écrits le "récit" des entreprises folles que j'ai mises en chantier… et aussi les continuels changements de direction dans les décisions qu'il m'a fallu prendre au cours de ces dernières années pour ne pas rester comme hypnotisé par l'horreur de ce mal inexplicable… Notre appartement de Venise vient d'être vendu. Avec la somme que j'en ai tirée je vais faire construire une maison de gardien près de *La Béate*, et agrandir *La Béate* elle-même dans le but d'avoir C. près de nous, dans la maison d'à côté, ainsi que la possibilité de loger une garde le moment venu. Voilà ! Maintenant je suis décidé à me tenir au plus près de ce que nous vivons… et vivrons. S'ajouteront peut-être à ces pages quelques lettres encore, adressées à *elle*, et que j'avais abandonnées sur le bureau de sa chambre, tout en sachant qu'elle ne pourrait pas les lire… qu'elle n'aurait ni la volonté ni la curiosité de les lire car *elle ne sait plus lire, et ne veut plus savoir lire* ! De plus, j'ai l'intention de continuer à recopier les quelques pages restées dans l'agenda vénitien – ces pages qui rendent compte d'un moment où je me rebellais, où j'espérais encore… Ces pages me font si mal aujourd'hui ! Cependant *tout* doit entrer dans ces écrits afin de restituer la vision aussi précise que possible de la lente dérive qui peu à peu est en train d'emporter vivante à jamais loin de moi mon amour ! Puisque j'ai tant écrit sur cet amour si… si quoi ?… notre amour si profond, si total, si enchanteur de jour en jour sur cinquante ans de vie inséparée, rien ne doit être épargné maintenant pour tenter de comprendre *à quoi tenait cet amour, et à quoi tient l'amour quand il atteint cette sorte d'état de parfaite félicité* ? Qu'est-ce que l'amour-passion ? Serait-ce “l'état de rencontre” prolongé de jour en jour ? Je le crois. Retomber amoureux à tout moment, comme au premier moment ! L'état de surprise face à un être énigmatique qu'on ne pourra jamais assez connaître – ce qui est le cas, disons par nature, entre homme et femme… entre l'Homme et la Femme. Nos sexes resteront éternellement *étrangers*. Là est le splendide secret de cette attirance qui les pousse à se joindre et à se fondre dans de brèves intimités. Et plus nous nous approchons de l'autre plus nous prenons conscience de l'*éloignement* qui nous tient en suspens amoureux. Là est la grande énigme de ce que nous avons nommé l'amour : cette divine incompatibilité transcendée par "l'âme neuronale" nommée esprit. Nous ne saurons jamais rien de l'autre, sachons-le, et quand Héra, la femme de Zeus, aveugla Tirésias – qui avait été homme puis femme puis homme de nouveau – pour avoir révélé les degrés d'intensité sexuelle éprouvés par la Femme, c'était pour affirmer cette différence, ce secret, qui jamais ne devrait être aboli entre la Femme et l'Homme, sous peine de disparition de l'espèce humaine… ou tout au moins de la pensée non animale qui fait de l'*être* cette invention singulière. Alors quand je me pose la question : à quoi tenait cet amour… pour qu'aujourd'hui la destruction du cerveau de la femme tant aimée détruise parallèlement ce quelque chose d'impalpable, ce fluide, ce suspens amoureux qui imprégnait tous les détails de la vie… et non seulement les plaisirs mais aussi les difficultés extérieures à nous, dont le surgissement ne faisait que rendre plus forte et singulière cette passion… oui, je me dis : que peux-tu répondre à cette douloureuse question ? Etions-nous donc vraiment comme ces deux moitiés de la pomme donnée en exemple par Alcibiade ? Nos deux "âmes neuronales" avaient-elles trouvé un langage secret, inconnu de nous-mêmes, pour se rejoindre, se confondre et communiquer – pour ne pas employer le mot "communier" malheureusement dévalué par tant de siècles de confusion ?

Elle vient de m'interrompre… Elle est entrée timidement dans cette pièce où j'écris… Elle est descendue de *sa* chambre – qui a été si longtemps *notre* chambre – et, hagarde, elle me demande *où* nous sommes. Cette question n'a plus rien de singulier. Que de fois maintenant elle me la pose. Elle est *perdue*, même dans sa vie de toujours, dans ce lieu de quarante ans de vie quotidienne, elle est *égarée*, et souhaiterait que je l'aide à "rentrer chez moi", dit-elle. "Mais ma chérie, tu es chez toi ici. – Non, pas *chez moi* ! Ici je ne suis pas chez moi." Je l'ai serrée dans mes bras et doucement je l'ai entraînée, comme une enfant, jusqu'à la véranda. Et, tout en étant frappé par l'esthétique inouïe du lieu exotique saturé de beauté où nous vivons encore... et où notre vie s'est faite de nos plaisirs, l'ayant assise près de moi sur le canapé, j'avais essayé de lui redonner conscience d'*où elle se trouve en ce moment*, avec moi, l'homme qui l'a tellement aimée, l'homme déchiré de sa terrible absence. Mais, elle, elle continuait à désirer un "ailleurs" où se trouvent sa mère, son père, son enfance, une sécurité, une protection que rien ni personne aujourd'hui ne peut lui procurer. Alors voilà que je lui parle avec précaution de ce qui la déphase, j'essaie encore à toute force de la rendre *consciente* de son mal. Pourtant je sais que chacune de mes paroles est inutile, qu'elle est *perdue*, oui vraiment *perdue*, et que mes paroles se perdent elles aussi à mesure. Cependant je continue comme si elle pouvait encore me comprendre... je parle à celle d'avant, à celle que j'ai perdue. Je lui dis combien elle me manque, j'ose cette "cruauté", je lui dis que je souffre de ne plus pouvoir échanger d'idées, de ne plus faire ensemble de commentaires sur la vie, sur les uns et les autres, je lui dis que son regard me manque et que je souffre de ne plus réussir à le saisir ; je lui dis aussi que de ne plus faire l'amour, depuis bientôt deux ans, m'est intolérable car c'est elle “d'avant” que je désire furieusement et pas celle qui est là car j'ai besoin de son désir, lui aussi *perdu*, et que son *absence de sensualité* me la rend plus étrangère que la plus étrangère des étrangères et que mieux vaudrait une putain, lui dis-je avec une cruauté inutile, car il y aurait au moins le trouble procuré par une situation où peut-être l'humiliation de l'autre pourrait attiser la part d'agressivité que recèle toute érection… Bref, bien sûr qu'elle n'entendait pas les paroles de ce désespéré qui dans son désespoir éprouvait le besoin de dire *à celle d'avant, sa proche d'avant, son intime d'avant*, oui, de dire l'immensité de son tourment et de sa solitude ! Affreuse situation que de vivre en compagnie du corps vidé de son “âme neuronale” d'une femme aimée exclusivement encore mais pour *celle d'avant*, et dont *l'amoureux d'avant* ne peut se libérer.

*

Lettre déposée sur le petit bureau de sa chambre, il y a quelques années, retrouvée dans mes papiers, parmi d'autres : “Ma chérie, je suis si triste de te faire mal, comme je t'ai peinée ce matin, mais par moments je suis ivre, oui j'ai l'impression qu'un mauvais alcool circule dans mon sang et me monte à la tête… Je manque de calme intérieur et cela se double d'une grave perte de sommeil. Je suis là, à ma table et, réfléchissant, je me dis qu'il faut que je t'écrive pour te confesser un des pourquoi de mon grave malaise ajouté à mes autres malaises. Le dire en paroles est difficile, *au point où en sont les choses*, et va peut-être t'agacer… ou pire encore : glisser sur toi, t'être indifférent. Mais c'est ainsi et j'en risque l'ultime tentative : Je suis un homme… et souvent les femmes ne peuvent comprendre ce qui tourmente les hommes… surtout quand, arrivés au tournant de l'âge, le rut et sa décharge apaisante ne suffisent plus à les mettre momentanément en repos. En d'autres termes : ce qui était "naturel" entre *partenaires* – excuse ce mot affreux – ne l'est plus au sens biologique puisque l'espèce n'a plus besoin de vieux amoureux comme nous pour se perpétuer. Alors je vais te parler de la terrible et obsessionnelle sexualité qui hante l'homme vieillissant – pour reprendre le terme si émouvant de Salvat Etchart. Oui, ayant perdu la simplicité du rut, il lui reste ses fantasmes qui souvent se traduisent par du masochisme ou parfois du sadisme ou souvent du voyeurisme. Par chance pour moi, pour nous, ce n'est pas mon cas. Je n'ai pas besoin de ces sortes d'épices. Mais cependant *il me faut toi… mais toi telle que toujours tu t'es apprêtée pour moi* ! C'est-à-dire en quelque sorte ma pute intime… oui, la femme qui sait *comment* se rendre follement désirable pour moi. Telle que tu savais te comporter, te faire terriblement suggestive pour moi, *souviens-toi*, quand tu apparaissais demi-nue… donc plus nue que nue pendant que je me consumais dans une attente que tu savais exactement prolonger ou raccourcir tant les ondes sexuelles qui passaient entre nous nous informaient de nos mutuels états. Tu ne peux pas avoir *oublié ce qui* te rendait à chaque apparition plus neuve et désirable à mes sens. Oh, non ! Ce serait comme déjà mourir aux plaisirs fous que toi seule me procurais… et toi seule savais prendre aussi de moi, m'avouais-tu ! Ah, mon amour, ma chérie, la moitié érotique de moi-même, reviens à toi, à moi ! Je suis en désir fou de toi, telle qu'avant ton ensommeillement sensuel tu désirais tant être en partage avec moi. Si bien que ce désir, à la longue inassouvi, me torture, m'obsède, me rend même injustement vindicatif à l'intérieur de moi contre toi – comme si me priver de toi, de ton désir de me mettre en désir fou de toi, était une punition voulue par toi quand je sais que si cela ne dépendait que de tes sens – s'ils n'étaient, j'en ai peur, gravement altérés – tu ne t'*en-me* priverais pas… puisque pendant toute *ta-notre* vie tu n'as cherché qu'à *me-nous* rendre fous de *toi-moi* à tel point qu'ils nous arrivait après chaque confusion érotique de nous demander en quels sexes nous étions retombés, quelle part de masculin ou de féminin avait regagné nos corps réciproques, tant nous nous étions confondus au-delà du simple intime… Et voilà qu'il me semble qu'égoïstement cela te paraît aujourd'hui à la limite du compréhensible. Et je le comprends puisqu'il me semble que l'imaginaire se soit assoupi en toi. Tu me l'as plus ou moins avoué avec les mots qui te restent… Et l'amour physique, quand il a réussi à *utiliser la nature en la détournant*, est à vrai dire une con-struction perverse de l'imagination. Mon malheur c'est d'être doué d'une imagination toujours aussi perverse et par malheur toujours entièrement obsédée *de toi*. Oui, là est mon malheur ! Comme ce serait simple si je pouvais être aussi perversement et exclusivement attiré par une autre… ou par d'autres ! Mais voilà c'est *toi, telle que toujours*, qui fixes mes désirs… sauf que je ne peux te «prendre» comme le ferait un animal en rut…

car je ne suis pas en rut mais en complication de désir – ce qui est tout autre chose. Je désire terriblement te désirer, comme être désiré de toi, tu comprends ? Est-il possible qu'un vieil amoureux de soixante-treize ans écrive ces lignes à son amoureuse de dix-neuf ans qui en a soixante-dix à présent ? Lis-les en souriant, ma chérie. Et si cette lettre ne t'a pas montée contre moi – je suis sans autorité, crois-moi ! – alors descends comme tu es toujours descendue rieuse et perverse vers moi telle que les putains «montent». J'espère que ces lignes t'iront droit au «cœur» et au «corps». Elles sont cri de désir de toi, ma chérie, dont j'ai une peur panique d'être maintenant définitivement inassouvi. J'embrasse tes belles lèvres, toujours aussi neuf et exclusivement épris de celle que j'ai connue à dix-neuf ans…

Ton vieil amant !"

Pas de réponse puisqu'elle ne l'a même pas lue… puisqu'elle ne savait déjà plus lire ! Et depuis, plus rien entre nous qu'une tendresse envers la pauvre petite fille… avec comme une dureté que je ne soupçonnais pas et qui affleure quand je me risque à lui suggérer un minimum d'hygiène, à elle devenue hydrophobe !

*

Chaque matin, en se réveillant, elle dit les mêmes mots : "Je veux rentrer chez moi." *Chez elle ?* "Tu ne peux pas comprendre, me dit-elle encore, je ne resterai pas ici ; ici je ne suis pas chez moi ; *là-bas* j'ai ma mère, mon père, j'ai mes amis… – Bien, lui dis-je, douloureusement atteint par son air absent, et à la fois désespéré de cette amnésie quant au lieu où nous avons vécu plus de quarante ans ensemble, bien ma chérie, pas de problème : tu pars quand tu veux ; rien ne te retient…" Ça la calme, ou tout au moins, ne trouvant plus chez moi de résistance, elle n'insiste pas jusqu'au moment du petit-déjeuner. Moi, je fais comme si ses paroles de fuite n'avaient pas été prononcées. Elle boit le café que je lui ai préparé, et s'allonge ensuite sur le divan de la véranda. Je sens, je sais à force de l'entendre se répéter, qu'elle va maintenant me dire des paroles incohérentes toujours à propos de sa mère, "d'amis" qu'elle a *ailleurs*, là où elle compte partir tout de suite. Je lui dis, ne pouvant m'empêcher de plaisanter désespérément : "Alors tu veux me quitter ? – Non, me répond-elle, mais je dois te laisser libre… J'ai *mes* amis… Et moi je t'empêche de vivre. – Et tu crois que *tes* amis vont te prendre en charge ? Quels sont *tes* amis qui ne sont pas les nôtres ? Donne-moi leurs noms… Tu sais cela fait plus de cinquante ans que nous ne nous sommes jamais quittés !" dis-je, ne pouvant m'empêcher de prendre en considération ses paroles, et donc de me faire un peu cruel contre ce qui reste peut-être encore d'*elle* en elle. Car, malgré moi, je lui en veux de ne tenir aucun compte de ma présence épuisée par ce qui maintenant est devenu un insupportable enchaînement… quand être avec *elle* avait toujours été pour moi un continuel enchantement ! Bien que la sachant en pleine confusion mentale, je veux la croire *encore une personne*, je veux la provoquer, provoquer en elle une réponse “sensée”, qu'elle se rende compte à quel point elle est en perte de réalité. Bien sûr, j'ai tort de vouloir réveiller chez elle une réaction qui serait *la* réponse que *celle d'avant* m'aurait donnée. Elle dit, un peu égarée : “J'ai vécu avec plein de gens que tu n'as jamais vus… et puis aussi avec un type formidable que tu ne connais pas… – Ah ? fais-je agacé malgré moi. Alors, d'accord !” dis-je, me laissant aller secrètement à une sorte de colère intérieure qui ne peut évidemment pas s'extérioriser à propos d'un sujet si absurde. Stoppant sec le dialogue, je l'abandonne dans la véranda et vais faire son lit ; puis je range ses affaires dont le désordre dans *sa* chambre me désole et me décourage terriblement. Je mets la main sur une culotte qui traîne et que je lave en douce rapidement… bien que depuis quelque temps elle n'en mette plus, portant un pantalon de ville presque nuit et jour, ainsi de même pour deux ou trois chemisiers superposés qu'elle ne quitte pas plus que le pantalon pour dormir – ce qui rend difficile la tâche de les lui changer sans qu'elle s'en irrite. “Je ne suis pas une enfant, je sais ce que je fais.” Un effrayant mélange de sentiments la rend imprévisible ! Il y a la conscience d'un grand malheur tombé injustement sur elle, ce qui la fait souvent pleurer en cachette… mais, en même temps, elle est en défense farouche, et donc affiche une autosatisfaction d'une délirante vanité que je ne lui connaissais évidemment pas – ce qui me fait la quitter pour ne pas lui dire… dire à la *personne* que j'aimerais encore réveiller en elle combien je suis effondré de l'effrayante négligence physique où la voilà tombée.

*

Aujourd'hui, journée épouvantable. Nous sommes le 15 août 2002. C'est le Midi splendide. Notre vallon, plus que jamais, me stupéfie de beauté. Palmiers, eucalyptus, plaqueminiers, paulownias, cyprès de toutes espèces, ainsi que des quantités d'autres arbres et de plantes exotiques, tels en particulier les lauriers, les yuccas, les aloès… que nous avons plantés et vus grandir durant ces quarante-deux années pendant lesquelles – je le redis – nous avons été simplement heu-reux ! Autour, rien n'a changé… et voilà que tout a basculé dans l'horreur ! Elle est encore apparemment là, je suis encore là… et pourtant ce que nous vivons est affreux ! L'écrire n'est même pas un soulagement. Car quoi que j'en écrive jamais je ne pourrai cerner ce grand malheur avec les mots de tout le monde – chose que j'espérais en commençant cet ouvrage –, non, jamais aucun mot, aucune phrase ne pourra dire en une forme transmissible l'effondrement absolu de la femme aimée, ainsi que mon effondrement intime d'assister aux incohérences non seulement de sa parole perdue mais de son aspect perdu, de sa démarche perdue, avec cette façon d'errer de tous côtés par la terrasse – sur fond splendide de cette nature tant aimée de nous deux ! Ah, mon amour ! Ma femme tellement chérie !… Aujourd'hui, elle a essayé de me dire qu'elle est au-delà de la souffrance morale ; qu'elle aimerait intensément fuir, disparaître, *rentrer chez elle*, n'être plus là où elle se trouve – c'est-à-dire tout simplement ne plus être ! Et je constate avec terreur que moi-même, découragé jusqu'au spasme nerveux, je n'ose même effleurer l'affreuse idée qui passe en moi du regret qu'elle ne puisse *disparaître s'évanouir comme un mirage*, oui comme ça, tout à coup, me laissant avec un désespoir solitaire face à La Mort, avec en moi la présence intacte de mon unique et déchirant amour. Oui, disparue ! Pas morte, oh non ! Mais soudain effacée, quitte à ce que je me *réveille* dans l'effroi de cet *évanouissement* qui m'épargnerait d'assister, seconde après seconde, à l'intérieur de nos deux vies détruites, à la souffrance *indicible* de celle dont la présence, le souffle, les merveilleuses paroles, les regards, les baisers et les rires avaient donné sens à ma propre vie précocement arrivée à épuisement juste au moment de la connaître, et en devenir fou de passion. J'ai si peur pour elle ! Tout à l'heure, dans la véranda, devant C., peut-être aidée par la douceur si profondément maternelle de C., pour la première fois elle a tenté de transmettre à quelqu'un d'autre que moi ce qu'elle vit en son esprit. Une sorte, disons, d'inspiration d'une bouleversante lucidité lui a permis d'exprimer ce qu'elle ressent confusément de ce qu'elle a nommé tout à coup sa *"maladie"*. Elle n'en peut plus, nous a-t-elle dit en trouvant les mots justes comme depuis longtemps elle n'y avait réussi, non elle n'en peut plus d'être enfermée dans *ça*… et aussi d'être à la charge de ceux qui l'entourent. Pour une fois son orgueil si digne et courageux n'était plus au premier plan pour masquer son désarroi. Cette fois elle s'était dépouillée de tout ce qui habituellement lui permet de survivre par une sorte de comédie prétendant être "responsable" de ses manques, de sa réticence à se laver, de son incapacité à s'habiller normalement, ou à ignorer qu'elle se maquille comme un clown, oui que tout ce qui la dénature, tout ce qui la dévie de son *naturel* de femme si juste en son esthétique, tout ce qui l'humilie inconsciemment et qu'elle prétend assumer, s'était soudain effacé pour la laisser s'exprimer presque telle qu'avant. C. et moi en étions stupéfaits. Sublime instant ! Bien que son aspect continuât à montrer son visage si beau encore – mais sans l'arc parfait de ses sourcils qu'elle arrache obstinément, ses yeux éteints, entourés de rouge à lèvres, sa bouche au dessin détruit lui aussi par un maquillage décalé, oui, malgré tout ce qui lui donne cet air de folle échevelée, voilà que j'entendais, comme étouffée par une étrange distance, sa voix de nouveau intelligente tout à coup, analysant sa situation avec une douleur qui nous avait fait venir des larmes, à C. et à moi. Et encore une fois, était exprimé son désir de "rentrer chez moi", de "repartir", de "m'en aller", avait-elle dit, sauf qu'elle en donnait une raison qui m'avait fait prendre conscience que la femme que j'avais toujours tellement admirée pour son intelligence et son souci des autres était encore là, beaucoup plus présente que je ne le pensais, en elle. Elle ne voulait être à la charge de personne ; elle ne voulait pas me peser ; elle reparlait de "ses amis" auprès desquels elle savait qu'elle retrouverait la paix, le repos, le plaisir de vivre enfin de nouveau. Quelque part ailleurs elle serait bien… comme si en s'en allant elle allait abandonner derrière elle sa maladie. Et surtout, surtout, elle ne pèserait plus sur personne, avait-elle répété avec des larmes, je dirais *froides*, car ses larmes n'étaient pas des larmes d'émotion partagée, mais terriblement solitaires comme si elles laissaient deviner quels incommunicables pleurs intérieurs la ravagent en permanence. Ses larmes n'appelaient pas la tendresse et, quand je tentai de la prendre dans mes bras, elle ne se raidit ni ne se laissa aller, elle était bien au-delà du contact humain qui réconforte.

*

Bref retour au carnet vénitien : “Vendredi 9 juin. – De plus en plus souvent – et maintenant presque chaque matin – réveil dès l'aube (elle qui avait un sommeil porteur de «calme et de volupté») ; la voilà angoissée : toujours la même question «qu'est-ce qu'il y a aujourd'hui ?» Angoisse quant au départ aussi – que ce soit pour *La Béate* ou pour Paris… Fini le plaisir sans question, ce simple plaisir du réveil *ensemble* – comme dans ma chanson. Ces réveils angoissés assombrissent le matin qui était charme charme charme ! Ce matin je lui ai *redit* sa maladie – qu'elle nie violemment. Comment dois-je me comporter ? Dire ? Me taire ? La considérer comme une malade à qui on cache ?… ou alors comme une personne avec qui on peut raisonner ? Elle comprend par éclair… mais aussitôt oublie. De plus, bouger du lieu où elle se trouve lui est une grande angoisse. Aller dans une dizaine de jours à Paris la fait souffrir car, dit-elle : «Je n'ai pas choisi.» Elle envisagerait *presque* de rester seule ici, dans notre maison de Venise, quelque temps – car, dit-elle : «Je ne veux pas te peser.» Sachant cependant qu'elle ne pourrait, bien sûr, pas se débrouiller seule. Mais le fait qu'elle puisse envisager cette sorte de séparation me montre la profondeur de son malaise. Elle qui n'avait jamais éprouvé le besoin de me quitter ni d'un jour ni d'une nuit ni d'un repas – non par décision mais par plaisir d'être ensemble."

"Samedi 10 juin. – Depuis quatre heures du matin, elle me demande : «Qu'est-ce qu'il y a aujourd'hui ?» Déjà à *La Béate*, cette sorte de litanie au réveil disait quelle angoisse était en elle – et cela ne fait que s'aggraver. De quatre heures à huit heures du matin, cette interrogation à laquelle je ne fais que répondre qu'il n'y a rien de prévu, qu'elle ne doit pas s'inquiéter. Bref, à la suite de quoi, énervement irrépressible chez moi. Je m'obstine à vouloir lui parler comme si elle pouvait me comprendre – *elle qui ne sait pas*, et donc ne me croit pas !

Ce qui me désespère c'est qu'elle ne *sait pas*, en effet, et donc nie... Elle *sait* et c'est moi qui invente ! Ah ! Je touche le fond du désespoir ! J'ai peur du *où* ça va !"

"Soudain elle me dit : «Je te demande de ne pas dire du mal de moi aux autres.»"

"Lundi 12 juin. – Que faire ? Comment, à moi seul, vivre près de celle qu'elle est en train de devenir ? – Et la peur, la terreur de ce qu'implique ce mal ! Tout à l'heure, croyant vider le café de la cafetière, elle jette la cafetière dans la poubelle. Détail ridicule et risible s'il n'était un symptôme de plus ! Que faire ? Je lui dis que j'ai retrouvé la cafetière dans la poubelle. Elle me répond : «Mais cela arrive *à tout le monde.*» Ce «à tout le monde» me fait mal ! Ah, comme j'aimerais qu'elle me dise qu'en effet c'est une «bêtise», une «distraction» ou n'importe quoi... mais pas ce «tout le monde» ! Cela voudrait dire qu'elle garde au moins encore des repères.

Et voilà, ce matin une page entière sur Alzheimer dans *Le Monde* ! Terrorisante ! Je lis le terrorisant avenir qui *nous* attend ! *L'avenir !!!* Doit-elle savoir ? Dois-je la laisser dans une sorte d'ignorance… qui bien sûr n'en est pas une ? Si elle est encore assez consciente… et pour qu'elle le reste *il faut en parler ensemble.* Se taire c'est entrer dans la nuit, dans l'anesthésie de son cerveau… Ah, mais que faire ? Avec qui parler ? C'est de plus en plus dur ensemble. Elle est adorable de gentillesse, de non-violence… bien qu'elle soit au fond d'elle *violemment* ramassée sur une sorte de noyau personnel qui peut soudain devenir d'une dureté que je ne connaissais pas chez elle. Quand tout à coup elle dit : «Non.» Quand elle se durcit dès qu'il est question de sa face, de son apparence, de son hygiène corporelle, à vrai dire ce qui lui reste d'elle *à elle.* Et par une sorte de symétrie, moi je deviens violent d'impatience quand elle nie qu'elle est horriblement barbouillée de rouge, par exemple… Le parasite logé en son cerveau a raison. Elle est bien, semble-t-il, à condition que l'on ne dérange rien de ce qu'elle croit vivre. Bref, on s'est fâchés. Pour la première fois elle est partie seule dans Venise. J'écris seul dans la maison. Gondoles sous les fenêtres : «Santa Lucia» !!! etc.

Plus tard, elle est revenue. Donc elle n'a pas perdu son chemin…"

"Mercredi 14 juin. – Ah ! Ce soir cela a été plus que terrible. Je renonce à détailler les malentendus… Le gaz ouvert par elle, et laissé sans flammes… c'est ma faute… je mens…

Bref, je cesse de noter tout cela car c'est *indicible.* Je me rends compte à quel point la vie n'est qu'une suite de minuscules détails que l'intelligence de l'homme, son astuce, son humour ou son obstination réussissent à annuler, à fondre dans l'illusion de projets plus vastes.

L'amour ! L'amour ? Que devient un si beau, un si profond et total amour ?

Pour tout dire, après avoir marché une partie de la nuit, seul, dans Venise, je suis rentré. Je l'ai trouvée déambulant dans la maison avec une lampe de poche. Elle m'a parlé d'une voix tremblante d'un autre qui aurait été ici en mon absence. Longue, longue explication à la fin de laquelle elle redevient à peu près lucide. On s'endort. Et je pleure horriblement dans mon sommeil. Cauchemar de pleurs et de sanglots sans fin. Horrible !!!

Voilà, je cesse à jamais car l'écriture ne peut rendre compte de ce lent naufrage de l'«âme»… de deux «âmes»…"

Toujours dans l'agenda dont les dates ne correspondent plus à rien :

"Un an a passé, nous voilà de nouveau à Venise. Nous sommes le 7 mars 2001. Hiver difficile, seuls tous les deux à *La Béate*. Plus jamais ça ! La décision est prise de mettre en vente ce lieu «divin» où nous avons connu plus que le bonheur, la félicité absolue pendant quarante ans. J'ai terminé *Le Roman d'une maison* dans l'extrême détresse. Comment mon cœur – oui, le muscle – n'éclate-t-il pas d'un tel retournement de la vie ? J'ai de la tendresse pour elle… mais l'amour – en tout cas l'amour tel que nous l'avons vécu – s'en est allé. Son égoïsme de malade est tel qu'elle attend tout de moi (que je la serve, que je sois nuit et jour disponible) sans plus rien donner, même pas un regard ni un sourire désintéressé tant elle s'est installée en elle, principalement occupée de son visage qu'elle cerne de traits noirs et rouges, devenant par moments la caricature d'elle. Elle reste cependant belle, et d'une élégance naturelle faisant penser à l'allure des splendides bêtes des savanes… mais… mais… Ah ! A quoi bon ces détails ? A qui écris-je cela ? A moi-même ? Revenir à *celle* qu'elle a été il y a encore dix ou quinze ans pour que je puisse me confier à elle comme avant, tout lui dire, lui parler de celle qu'elle est devenue, et qu'elle comprenne… comme elle m'a toujours compris ! Il n'y a qu'à *celle-là* que j'aimerais dire ma torture. Oui, elle m'aurait si bien compris ! Comme tu me manques, ma chérie d'il y a dix ou quinze ans ! Plus jamais personne à qui parler comme nous parlions ! Si proches ! Et *elle*, la nouvelle *elle*, devenue par moments ennemie. Alors je geins.

Seul, comme ce soir après une grave mésentente. Elle a été jusqu'à prétendre que je ne fais rien pour elle – quand je suis dévoré nuit et jour par sa présence vidée qui cependant nécessite une continuelle attention. Drame hier, parce qu'elle ne savait pas avec qui nous allions dîner. Passé l'après-midi à essayer de lui expliquer par divers repères qui était F., le consul honoraire, etc. F. qu'elle apprécie et aime beaucoup. Quoi ! à quoi bon entrer dans les détails archiclassiques des symptômes de ce mal abominable ! Je pense au suicide mais je dirais comme Stendhal : «Je me suiciderais bien si je n'avais peur de me faire mal.» A vrai dire je n'en aurais pas envie ni le courage bien que ce soit la seule sortie immédiate… et c'est ça qui me fait peur car par moments l'étouffement est tel que je bondirais volontiers sur le premier *moyen* venu pour sortir vite. Alors, j'espère que *La Béate* sera tout de suite vendue et que nous pourrons aussitôt déménager à Paris, rentrer dans la vie sociale, organiser notre vie en deux vies parallèles avec aide et tout ça… Seul avec elle, je ne le peux plus ! C'est nuit et jour ! La nuit presque plus de sommeil car elle s'étouffe et se noie dans sa salive. Je dois sans cesse la faire se tourner sur le côté. Elle tousse comme si de l'eau emplissait ses poumons. Et pendant le jour, plus rien sur quoi parler. Je parle en dedans avec *celle d'avant*, si intelligente, si rapide intellectuellement…

Ah ! marre de mes plaintes !

Milieu de la nuit.

Longue marche à travers Venise, la nuit. Combien j'aimerais rencontrer un de ces «lecteurs» si amicaux qui m'accostent parfois… et même assez souvent, et auxquels je laisse entendre qu'ils me gênent, tout en me réchauffant l'esprit qu'ils aient *su* me lire. Oui, que n'ai-je été reconnu cette nuit par quelque inconnu ou inconnue, «lecteur» ou «lectrice», pour pouvoir parler, confesser ma solitude et mon désespoir ! Même promenade nocturne épuisante que j'ai faite plusieurs fois l'an dernier, puis l'année d'avant à la suite des mêmes scènes de totale incompréhension. Je n'aime plus Venise. A vrai dire, je n'aime plus rien, et je crains d'être rendu stérile par ce malheur. Je me force à récrire les *Trois*

Journées de dom Juan mais sans savoir si je pourrai aller jusqu'au bout de mon projet. Par chance il y a B., un des rares à me lire dans une totale complicité. B. m'encourage et me réconforte, sachant ma situation. Je pense que ce ne sera qu'une fois à Paris, installé, pris dans une vie nouvelle, avec le problème d'*elle* résolu par une aide extérieure, que je pourrai me retrouver et redevenir créatif. Par malheur je ne guérirai jamais du manque d'*elle, celle d'avant et de toujours* ! Alors quoi ? Plus de sexualité ? Et pourtant je déborde encore de désir… d'*elle… mais d'elle comme avant et toujours* !…

Suffit pour cette nuit !

Demain le cauchemar des jours, tous pareils avec sa maladie, m'attend dès la sortie du sommeil."

"Ne pouvant plus dormir près d'elle, dans le même lit, je me suis transporté en bas, pour essayer de dormir – devenu insomniaque depuis quelques années et surtout depuis que le mal empire et me hante.

Les jours passent et c'est à chaque instant que je constate son déclin. Ce soir, cherchant ses lunettes pour (faire semblant de) lire, la voilà qui prend un peigne puis des ciseaux, comme si cela pouvait lui servir de lunettes… Elle tient le peigne et les ciseaux devant ses yeux, et je la regarde un moment sans rien dire…

Elle prétend me faire croire qu'elle lit à travers le peigne et les ciseaux comme si c'étaient ses lunettes. Brusquement je lui tends ses lunettes. Elle s'en irrite, vexée dans son orgueil ! Elle si intelligente et si intelligemment douce, devient stupide au point qu'il n'y a plus de dialogue possible.”

Toujours dans l'agenda vénitien à des dates qui ne correspondent plus :

“Comme elle n'a pu trouver la force de venir avec moi, j'ai fini par faire un aller et retour en avion à Paris dans la journée. M. et A., affolés par le temps passé avec elle sans moi – puisque je la leur avais confiée –, ont demandé quelques jours après, à un de leurs amis neurologue, de venir «prendre un verre», donc sans qu'elle se doute de rien, chez eux en même temps que nous. Ce qui m'a donné comme un coup dans l'estomac, c'est la façon de *condoléance* avec laquelle il m'a serré la main en nous quittant. Plus tard, il a dit à M. et A. «Il ne pourra pas assumer plus longtemps seul cette situation.» Et c'est bien ça qui me ronge et me préoccupe. Il a jugé bon de prescrire un calmant pour elle, que je lui donne maintenant en douce dans une boisson. Qu'allons-nous devenir ? Pas besoin d'un neurologue pour savoir qu'il me sera impossible de tenir comme ça encore des années ! Elle est gentille – elle veut l'être et y réussit – mais on est dans du n'importe quoi. Elle s'ennuie puisqu'elle ne sait plus écrire, ni lire, et qu'elle s'exprime avec des quantités de mots en perte qui font des «trous» dans ce qu'elle voudrait dire… et donc elle m'en veut d'attendre la suite de ce qui ne peut sortir d'elle, m'accusant de l'inhiber par cette attente. De plus, elle ne peut plus peindre – bien qu'elle assure qu'elle peint encore. Ah, comme tout me manque d'elle ; j'aimais tant, quand elle peignait, venir soit dans son petit atelier à Venise, soit dans la véranda de *La Béate*, alors qu'une nouvelle toile allait s'ajouter aux autres, et qu'elle cherchait la meilleure lumière pour y apporter les dernières touches !... Donc je l'avais quittée une journée – pour la première fois de notre vie. M. et A. s'étaient chargés de la distraire et de s'en occuper jusqu'à mon arrivée – le dernier avion de Paris atterrissait vers les onze heures du soir. Au retour j'ai compris qu'aucune aide réelle ne pouvait me venir des autres... même pas des amis proches ! Sans moi elle a été *perdue* ! Ne sachant plus qui j'étais. Pleurant sa mère morte qu'elle croyait encore en vie. Et, quand nous nous sommes retrouvés – il était près de minuit –, ne me reconnaissant pas et me prenant pour sa mère !!! Quel rôle terrible il me faut tenir avec une malade qui ignore sa maladie... et surtout qui prétend avoir raison contre *tout et tous* !"

*

Ces pages sont restées quelque temps sur ma table de travail. Je les ai relues plusieurs fois, le matin, l'après-midi et même à différentes reprises de nuit, pendant mes longues insomnies. J'hésitais à les poursuivre car je vois bien que cela ne peut qu'ouvrir sur des plaintes, des regrets, ainsi que sur beaucoup de nostalgie désespérée. Notre vie est bien perdue, oui, c'est donc fini... sans être vraiment fini ! Une sorte de long dernier acte nous attend. Dois-je en tenir le "journal" ? Est-ce à *ça* que je me suis engagé en commençant ces pages ? Dois-je vraiment nous *accompagner*, par l'écriture, jusqu'au bout quand on sait à quoi cette maladie nous condamne ? Et pourtant, je ne peux nous abandonner maintenant, après avoir écrit tant et tant de pages heureuses, rieuses, insolentes même et surtout insouciantes, oui, sur l'étrange bonheur qui nous fut donné. Bonheur si naturel à vivre... et qu'aujourd'hui je regarde "en face" comme s'il concernait d'autres nous-mêmes... tout en étant bien nous, elle-et-moi, nous deux mais déjà si éloignés, on pourrait dire en écho de ceux que nous avons eu la chance inouïe d'être. Sans cesse je la regarde, je m'épuise à la regarder encore et encore car je la trouve toujours si belle, si particulière, si *irremplaçable* ! Jamais je n'ai vu un corps, un visage, les mouvements d'un corps, ou l'étonnante sûreté d'ordonnance des traits formant un visage, comme *encore aujourd'hui* je le constate toujours chez elle. L'"âme neuronale" est en destruction mais cette "âme" a occupé si longtemps ce corps qu'il garde toute la beauté que cette "âme" a imprégnée en lui. Bien sûr, je l'ai dit et redit dans ces pages, son regard que j'adorais s'est dilué dans l'absence et l'inquiétude, les gestes tant adorés aussi se sont fragilisés, ont perdu de leur sûreté tranquille : elle marche en hésitant imperceptiblement – mais ce n'est peut-être que moi qui le vois car elle a une telle *avance* sur toute autre femme belle... elle marche encore comme seules les statues antiques auraient pu marcher... mais moi je vois combien elle lutte sourdement contre une intime perte d'équilibre... Ces difficultés sont particulièrement évidentes quand nous sortons de chez nous. Elle aime et a besoin de voir des gens, des enfants surtout – comme il y en a beaucoup dans les rues du village interdites aux voitures. De plus en plus souvent je l'y emmène. Et je constate chaque fois, avec un étonnement douloureux, que plus jamais elle ne marche *près de moi.* Elle reste toujours à quatre ou cinq pas *derrière.* Si je ralentis, elle ralentit ; si je m'arrête, elle s'arrête, gardant obstinément la distance, comme si une longe d'une matérialité rigide nous reliait pour nous empêcher de nous rejoindre. C'est là, bien sûr, un symptôme très évident du besoin de repère : tant que je suis devant elle, elle ne peut se perdre... et surtout il n'y a pas que de l'inconnu devant : je suis dans son paysage. Bien d'autres symptômes de cette sorte sont apparus depuis quelques années. Par exemple aussi, l'importance qu'a prise son sac auquel elle s'accroche comme s'il cachait des choses essentielles, quand en vérité il ne contient que des porte-monnaie hors d'usage où elle garde précieusement un ou deux vieux tubes de rouge à lèvres vides, des serviettes de table froissées, ou des bouts de papier inutilisés ainsi que des boîtes de fond de teint vides aussi qu'elle ouvre parfois pour faire semblant de se servir du petit miroir qui s'y trouve inséré. Mais ce sac c'est elle, c'est la chose, le lieu, le repère auquel elle s'accroche désespérément à tel point que sans lui elle se trouve comme paralysée, incapable de faire un pas. Bien d'autres symptômes de ce genre la bloquent ou l'empêchent de vivre d'une façon déliée. Elle bute devant tout ce qui se ferme, ne sachant pas ouvrir la portière d'une voiture ou ne pouvant comprendre à quoi peut servir une ceinture de sécurité, qu'elle ne sait bien sûr pas attacher, et contre laquelle elle se défend, ne l'acceptant pour finir qu'après explication détaillée des multiples dangers de ne pas en avoir. Et ainsi de suite, chaque geste de la vie s'en trouve alourdi à tel point que parfois je renonce et la laisse faire n'importe quoi... Sauf que le "n'importe quoi" peut se manifester par une carafe en verre pleine d'eau froide posée sur la plaque rougie de la cuisinière électrique... avec l'explosion inévitable, toute l'eau répandue, des morceaux de verre partout, et le danger d'une électrocution... Ce seul exemple suffit. Qu'il symbolise tout le reste car d'en disséquer le détail me blesse et me donne l'horrible impression de faire des comptes... Etrange situation ! Ne plus jamais avoir de tranquillité. Avoir peur. Toujours peur pour l'autre... peur du n'importe quoi, justement, peur sans raison, peur pour rien et pour tout. Par moments j'ai l'impression que tout se rétrécit à ces *détails*, que la vie n'est plus que cela, qu'aucun projet, qu'aucun espoir n'est permis, qu'aucune distraction ni aucune désinvolture n'est à "notre" portée, que le cercle des *détails* s'est définitivement refermé sur "nous". Autour, nos amis admirent mon "courage", ma "patience", mon "abnégation". Mais admire-t-on l'homme patient malgré lui puisque enchaîné à un mur ? Sauf que moi je suis enchaîné à ce qui reste de la chaîne fleurie de mon grand amour, à ce qui reste de mon grand amour. Cette nuit, l'entendant s'étouffer dans son sommeil, je me disais au moment de monter l'aider : que serait ta vie sans ce qui reste d'*elle*, oui d'*elle* mon si grand amour heureux ? Pourrais-je encore vivre si elle – ce qu'il en reste – n'était pas là ? Quelques heures loin d'elle, oui ! quelques jours de repos... de solitude seraient un certain plaisir, une certaine détente, sûrement... mais la vie sans sa présence, sans sa présence pourtant déjà si remplie d'absence, la vie sans les petits bruits d'elle dans la maison pendant que j'écris – comme en ce moment –, la vie sans tout ce qu'elle représente de passé, de réalité présente ne serait-ce que physiologique si vivante encore en elle, et aussi la vie sans cette continuelle peur pour elle, pour nous, cette peur d'un avenir... qui est encore quand même de l'avenir et non du rien, non de l'absence totale, non du manque terrible d'elle, d'un vide d'elle, d'un vide de ce qu'il me reste d'elle malgré *ça* !... Comment pourrais-je être vivant encore si elle n'est plus là ? me disais-je soudain effrayé cette nuit alors que je l'entendais s'étouffer de plus en plus cruellement dans son sommeil, et que je me précipitais pour l'aider. Vivre si elle n'est plus là ? Si son corps vivant n'occupe plus l'espace qui m'entoure, le pourrais-je ?... Et soudain la panique qu'elle meure, que son corps tant caressé, aimé, adulé, oui que son beau corps si à moi entre dans l'horrible processus de décomposition... ce corps admirablement *composé* d'une âme heureuse liée à un ensemble physiologique si harmonieux en son plaisir d'être en vie, non je ne peux imaginer ce beau corps en train de se liquéfier dans la puanteur de ses humeurs décomposées ! Oh non ! Que même le peu qui lui reste encore de la sensation d'être elle, de me savoir moi près d'elle, tant qu'elle reconnaît ce qui l'entoure, tant que se prolonge la sensation d'être en vie, tout plutôt que de disparaître tout à fait !... Qu'il y ait vie ! Vie !... Bien que me revienne obsessionnellement la phrase d'une violence insoutenable de la neuropsychiatre parisienne me prévenant qu'un jour mon amour serait "une morte sans cadavre"... Chaque fois que je repense à cette visite, exceptionnellement obtenue par les V., et que je revois cette "sommité" de la neuropsychiatrie en train de dire en fixant intensément "ma malade" dont les tests avaient été comme toujours désastreux : "Vous êtes belle ; savez-vous ? Vous êtes très très belle ! Vous en rendez-vous compte ?" je suis pris d'effroi en pensant que mon amour pourrait tomber entre les pattes de ces terrifiants névrosés que sont *tous* les neuropsychiatres, neuropsychologues, neurogériatres, neurocapos !... Oui, j'ai peur, très peur pour elle ! Et soudain la crainte de mourir en la laissant *seule*, sans moi, me hante à en mourir ! Mon cœur, me semble-t-il, en oublie quelques battements, tellement mon corps entier s'affole de l'effroi d'abandonner *celle de ma vie* à des décisions étrangères qui la "placeraient" vive, encore *bien consciente d'exister* – j'en suis sûr ! –, dans ces sortes de tombeaux-poubelles où l'on jette ceux que l'on a aimés, devenus "bon à rien" oui, ceux avec lesquels on a partagé une vie entière... et avec lesquels ne reste plus qu'à partager la douleur. Je sais, on me l'a dit et redit, "il arrivera un moment où tu ne pourras plus *tenir*". Je veux bien le croire... mais la jeter dans un de ces dépotoirs pour malades, non, ça jamais ! Voilà pourquoi j'ai vendu notre si jolie maison de Venise... Venise tant aimée par elle et dont le nom ne lui évoque plus rien !... oui, j'ai vendu ce lieu où nous avons, là aussi, été tellement heureux ! afin d'utiliser la somme que j'en ai tirée pour édifier les structures qui me permettront, je l'espère, de la maintenir là où elle a toujours vécu avec moi. Agrandir notre vieille "bicoque" et, de plus, construire une maison de gardien où logera C. Depuis le printemps, depuis que nous sommes revenus ici à *La Béate*, me voilà plongé dans une suite épouvantable de décisions et de démarches : car il faut plus de temps et d'énergie pour obtenir les permis – que ce soit de défrichement, de construire ou d'agrandir – qu'il n'en est nécessaire pour bâtir effectivement. J'ai donc pris un architecte. Il a dessiné les plans d'agrandissement de notre vieille petite maison, bonne pour deux amoureux c'est vrai ! mais trop exiguë, quand le jour venu il sera indispensable d'y loger une garde permanente. Dans le prolongement de la salle de bains, s'ajoutera donc une grande chambre donnant sur une terrasse couvrant la véranda. Un bel escalier tournant remplacera l'étroit escalier casse-gueule reliant la cuisine à l'étage… Ainsi la maison deviendra-t-elle une "belle maison" au lieu de cette charmante, cette délicieuse petite chose où ont passé les si belles années de notre vie – quarante ans d'absolu plaisir !!! Et plus loin, hors de vue, à gauche de la châtaigneraie, derrière le bois de pins, la maison de gardien sera terminée en principe pour l'été prochain. J'aurai fait mon possible pour que l'amour de ma vie puisse vivre *chez elle, chez nous*, entourée de soins et jusqu'au bout – quoi qu'il arrive – consciente, je le veux ! de ma présence toujours aussi proche et attentive. Voilà dans quels projets je me débats tout en écrivant au jour le jour ces pages aux humeurs changeantes. Car c'est malgré tout sans espoir que j'entreprends toutes ces transformations.

*

Aujourd'hui, M. et A. sont venus nous voir, depuis le village des Cévennes où ils vivent quand ils ne sont pas à Venise. Bien que je ne tienne pas à le lire, ils m'ont apporté le livre de

John Bayley écrit sur la maladie d'Alzheimer d'Iris Murdoch, sa femme. Qu'ai-je besoin d'entrer dans un malheur parallèle au mien ? pensais-je, pourquoi m'introduirais-je dans la sensibilité d'un autre confronté aux mêmes symptômes et aux mêmes problèmes que je le suis à toute heure ? Mais voilà que ce soir, au moment de m'étendre sur le petit lit où je dors maintenant dans cette pièce qui me sert de bureau, j'ai ouvert quand même ce livre. Et soudain, j'ai pris conscience que celui qui accompagne sa femme malade de cette maladie peut la vivre sur un *ton* très différent du mien. Je croyais, pour les fréquents témoignages qui m'en parviennent, que ceux qui sont condamnés à vivre dans l'intimité d'une personne malade de cette maladie sont rapidement anéantis par ces *détails* dont j'ai parlé dans les pages précédentes, et que la perte de ce qui faisait la présence si particulière d'un être proche était vécue par tous comme un drame, par moments plus terrible peut-être que la mort.

Eh bien non ! Voilà quelqu'un d'un stoïcisme tendre qui *accepte* que sa femme – qu'avant il comparait à un "petit taureau" – décolle en quelque sorte de sa personnalité pour devenir toute faible et docile sous la pression de la maladie. Au contraire de "ma malade", elle se laisse laver par lui, que ce soit l'entre-jambes ou les cheveux ; elle accepte gentiment de se laisser habiller ; de se laisser conduire doucement en promenade ; elle l'accepte tout simplement comme témoin et acteur d'un doux processus qui les pousse vers l'extinction et la nuit. Pas de révolte ni d'elle ni de lui. Ce serait plutôt comme une paix qui descendrait en silence. Alors que moi je n'épouse pas ce mouvement régressif mais le combats en désespéré. Je n'accepte rien de ça ! Rien !

Et j'ai peur ! Très ! Et quand John Bayley écrit les quelques lignes que je vais copier ici, je suis effrayé de l'ironie, disons culturelle, si typiquement anglaise qui fait qu'au fond rien n'est vraiment grave dans la vie d'un Anglais, même pas la perte de ce qu'il y a de plus précieux entre deux êtres qui s'aiment : "Une femme que je rencontre parfois, écrit-il, et dont le mari souffre de la même maladie qu'Iris, m'entraîna un jour dans un échange d'impressions des plus allègres : «C'est comme si l'on était enchaîné à un cadavre, vous ne trouvez pas ?» remarqua-t-elle gaiement. Je me hâtai d'acquiescer sur le même ton enjoué en me gardant bien, malgré tout, de filer cette macabre métaphore. «Oh, un cadavre très chéri, bien sûr», corrigea-t-elle en me lançant un regard légèrement espiègle qui laissait entendre d'une certaine manière que je devais être heureux de pouvoir abandonner en sa présence les convenances propres à ma situation. Mais elle se trompait. J'étais horrifié – malgré moi – par la suggestion que la maladie d'Iris pût avoir quelque chose de commun avec celle du mari de cette joyeuse commère." Et, bien sûr, John Bayley s'explique plus loin en prétendant que chacun vit la maladie de l'être proche comme "unique" et donc incomparable. Et "qu'Iris est Iris". Pourtant *tous les symptômes* sont identiques, c'est bien ça qui désespère… en tout cas moi ! Car il est vrai que l'être aimé était incomparable… avant, quand il s'inventait jour après jour par son intelligence originale, par sa façon de *lire* sa propre vie en l'improvisant hors des lieux communs et du dressage social surtout. Ce qui est passionnant dans l'être humain c'est sa lutte pour existter en tant que personne différente, originale, inventive d'elle-même et de la vie. N'est-ce pas de cet être façonné par soi-même que l'on tombe amoureux ? Le charme ne vient-il pas de ce qui le rend singulier, de ce qui le fait non interchangeable ? Alors que cette maladie destructrice de ce que j'appelle "l'âme neuronale" produit des êtres déviés de cette construction d'eux-mêmes qui les rendait irremplaçables. Cette régression vers la "machine primitive", c'est-à-dire : perte des mots, perte de toute mémoire, perte de ce qu'on appelle le "sens du visage", diminution des échanges neuronaux, etc., ressemble terriblement à la régression générale dans laquelle l'ensemble du monde mentalement sophistiqué – disons sommairement : hérité de la Grèce – est en train de sombrer. Pourquoi parlerait-on tellement du "devoir de mémoire" si justement l'amnésie n'était en train d'effacer le lent travail de construction d'elle-même qui occupa l'humanité depuis qu'elle sut se nommer ainsi que se compter en siècles ?… Voilà ce que moi je vois dans le mal Alzheimer ! J'y vois comme la métaphore, bien sûr caricaturale, disant ce que sera l'humanité de demain. Car là-dessus il semble que tous les témoignages soient unanimes : arrivé à un certain stade de *perte* le malade ne souffre plus ; il est indifférent, il est réduit à la machine physiologique en survie… et c'est l'autre, le proche dont les facultés n'ont pas régressé, qui souffre d'être le témoin d'une si épouvantable perte…

Interrompu, en pleine nuit – il est près de trois heures du matin – par de petits bruits venant de la chambre d'en haut où elle dort. J'écoute tendu, me rendant compte que je vis constamment tendu vers elle, oui je cesse d'écrire… et en effet je l'entends qui timidement attire mon attention. Aussitôt je lui demande si quelque chose ne va pas. Et je comprends qu'elle est en état de panique. Je me précipite dans la chambre. Elle est évidemment encore plus *perdue* que d'habitude. "*On* m'a mise là. Je ne sais pas où mais je suis là où *on* m'a mise sans rien me dire .." Elle est glacée de terreur. Des larmes mouillent son beau visage. Elle ne pleure pas vraiment, les larmes s'échappent de ses yeux qui à aucun moment ne peuvent se fixer sur moi. Je la prends dans mes bras. Je la console. Je lui dis qu'elle est *chez elle, chez nous, dans notre maison de toujours, dans sa chambre*. "Mais je croyais que tu étais parti et qu'*on* m'avait mise ici dans cet endroit que je ne connais pas." Et voilà qu'elle me remercie avec des accents montrant une soudaine conscience de ce qu'elle dit. Elle me remercie avec désespoir… ou plutôt avec un soulagement qui dit l'horreur du désespoir qu'elle vient de vivre. Elle trouve extraordinaire de ma part que je sois là. Alors que moi je lui dis combien il n'y a rien d'extraordinaire dans ma présence. Elle est comme une enfant. Elle me dit qu'elle n'a plus sa mère, plus son père, personne ! Elle est *perdue* de ne plus être dans ce temps lointain de son enfance où elle était protégée par sa mère… et même par son père qu'elle avait pourtant renié durant toute sa vie. "Merci ! Merci !" me dit-elle en joignant les mains sans pour cela essayer d'échanger un regard avec moi. Comme toujours elle fixe le vide. "Oh, merci ! Maintenant je suis tranquille, oh, merci, merci !" Malgré qu'il soit figé et inexpressif, j'embrasse son visage tant aimé… et la quitte, bouleversé de douleur. Elle a éteint les lumières de la chambre, derrière moi. Maintenant elle peut dormir. Je redescends ici, à ma table, où je m'empresse de noter cet incident qui laisse deviner la terrible violence de cette chute à rebours qui mène vers l'indifférence promise. Mon amour, toi dont la sensibilité est pourtant encore si vive ! Par quelles horribles étapes te faudra-t-il passer pour arriver à ne rien savoir, ne rien sentir, ne rien comprendre, ainsi qu'il est promis ! Il n'y aurait donc même plus de pleurs... plus de terreurs ?... Et moi je *vivrais* cela ? Et je repense avec répulsion à ces phrases, ces sortes de jeux de mots à l'anglaise où l'être malade est comparé à un cadavre vivant... Non, je n'accepte pas ! Je ne peux croire qu'un jour *toutes communications seront coupées entre nous* ! Serai-je détruit lentement par cette proximité qu'à toute force je veux maintenir ? Et je vais avouer ici quelle abominable image me hante : Pendant la guerre, chaque jour je descendais depuis le bourg de Verrières-le-Buisson – où j'étais pensionnaire d'une institution pour enfants d'émigrés russes blancs – jusqu'à la gare afin de prendre le train d'Antony où se trouvait mon lycée. A mi-chemin de cette longue descente, se trouvait un square avec une sorte de mare bordée de roseaux et en partie recouverte de nénuphars. J'aimais cette eau sauvage paraissant oubliée dans ce square... jusqu'au jour où elle se trouva brusquement envahie par de gros crapauds brunâtres en accouplement. Les femelles étaient d'une taille monstrueuse par rapport aux mâles petits et malingres. Mais ce qui était remarquable c'est qu'une fois accouplés, c'est-à-dire les femelles chevauchées par leurs ridicules cavaliers, une sorte de tétanisation des pattes antérieures avec lesquelles les petits mâles enserraient le cou de leurs montures les empêchait de se libérer de ce coït, les obligeant à rester ainsi accouplés entre deux eaux. Cette position grotesque m'amusait et entretenait d'autant plus ma curiosité que chaque jour, en passant, je remarquais que cette impressionnante quantité de crapauds se chevauchant n'avait pas bougé sauf… sauf que les femelles, bien qu'ayant lâché depuis longtemps leurs rubans d'œufs gélatineux, ne semblaient pas pour cela chercher à se débarrasser des petits mâles qui, toujours sur leurs dos, les tenaient fortement embrassées. Et voilà qu'au bout de quelques jours une odeur putride commença à monter de la mare. Et je compris que presque toutes les femelles étaient mortes, et qu'elles commençaient à pourrir… alors que leurs petits cavaliers, eux, étaient toujours bien en vie, accrochés aux cadavres qui se couvraient peu à peu d'une sorte de mousse blanchâtre. Horrifié, à l'aide d'un bâton, je me souviens avoir vainement tenté de décrocher quelques-uns des petits crapauds, mais leurs pattes antérieures étaient si fortement tétanisées sur le cou des femelles qu'il me fut impossible de les séparer. Les jours passèrent, et je constatai à chaque aller et retour de la gare à la pension, que les petits mâles, toujours crispés sur ce qui restait de leurs femelles, commençaient eux aussi à être gagnés par la pourriture… bien qu'encore vivants… Cruel exemple auquel je ne peux échapper et qui me revient malgré moi cette nuit après la lecture un peu écœurée de cette remarque de la femme anglaise dans le livre de John Bayley. Son enchaînement au cadavre vivant de son mari ne rendait-elle pas inévitable cette réminiscence ?

*

Maintenant je crois qu'elle est vraiment en train d'entrer dans les premiers cercles de la vraie "folie". Elle a des hallucinations et voit des gens inconnus qui pénètrent dans sa chambre quand je n'y suis pas, et en sortent quand j'arrive, si bien qu'elle me les décrit. Elle me croit au courant de leurs allées et venues et se vexe non seulement de mes étonnements mais surtout de mes efforts pour la ramener à la "réalité". Pour elle la "réalité" dont je tente de lui faire prendre conscience n'est pas la réalité mais "ma" réalité. Ce que j'affirme, elle en doute comme si je m'efforçais de la tromper. Et pourquoi la tromper ? Mais pour avoir raison. Voilà ce qu'elle n'ose me dire franchement tout en me le laissant entendre. En même temps elle est navrée de m'être une charge morale et voudrait partir à la fois pour me libérer d'elle – elle le dit simplement – et aussi pour rejoindre "ses" amis… elle le répète et le répète… qui seraient heureux de la revoir, de la recueillir auprès d'eux. Et moi, au lieu d'acquiescer – comme tout accompagnateur de malade d'Alzheimer se doit, paraît-il, de le faire –, j'essaie encore et encore de lui faire prendre conscience qu'elle déconne. Oui, très vite exaspéré, j'y vais franchement, lui disant qu'elle est très malade, qu'elle doit le savoir, en prendre à tout prix conscience pour *lutter ensemble* contre ses pertes de réalité. Mais elle réaffirme avec une désolante conviction qu'elle a *ses* amis, que *ses* amis, eux, la comprennent, qu'elle a vécu avec eux, et que je n'ai qu'à partir, enfin libéré d'elle, puisqu'elle va incessamment les rejoindre…

*

J'ai passé toute la semaine à refendre d'énormes rondins de bois. Ce très dur travail a pris dans mon esprit une importance qu'il me faut noter dans ces pages. Pour cela je dois repartir vers nos années soixante, quand nous nous étions installés ici, à *La Béate*. Le vieil homme qui en avait été le propriétaire nous montra avec fierté un pin maritime déjà pas mal touché par la maladie. Bien que son tronc fût dégoulinant de résine, il s'était abstenu de le faire abattre, car il l'avait vu sortir de terre, grandir et, bien que malade, s'épanouir en une vingtaine d'années, derrière la maison. Je promis, bien sûr, de l'épargner moi aussi, et voilà pourquoi cet arbre a survécu... et je peux dire vécu plus de quarante ans avec nous. D'année en année il devenait davantage monstrueux. Tout en donnant une impression de force et de vie, il était cependant très malade car son tronc poissait de longues stalactites de résine d'un blond doré. Mais avec le temps, malheureusement voilà qu'il commença à menaçer la maison, à pencher de plus en plus vers elle, si bien qu'un coup de mistral venant après de fortes pluies risquait de le déraciner ou de le briser dans sa partie la plus malade – et donc de pulvériser la moitié du toit ainsi que la véranda. Le garder devenait vraiment très risqué. Après avoir pas mal hésité, la semaine dernière je me décidai à le faire débiter par les bûcherons qui débroussaillent en ce moment le terrain où je veux faire construire la maison de gardien. Ce fut un travail brutal, très long, très dangereux. Comme il n'était pas question de le scier à la base – sa chute aurait tout démoli autour –, c'est par la cime qu'un des hommes commença de le tronçonner. Assuré par une corde aux branches poisseuses, d'une main l'homme maniait difficilement une tronçonneuse, alors que l'arbre vibrait comme un grand mât de navire à mesure que ses larges et lourdes branches craquaient puis se détachaient du tronc en glissant sur les branches inférieures. Ce très grand arbre mourant debout, découpé morceau par morceau jusqu'à ce qu'il ne reste que les moignons de sa belle envergure, je dois l'avouer me faisait honte, oui, honte de l'anéantir si durement. Pourquoi ? J'en compris la raison cachée lorsque je me mis à l'ouvrage, cette fois seul, pour débiter les rondins d'une impressionnante circonférence abandonnés à terre par les bûcherons. Ces billots trop lourds pour que je puisse les manier, il était nécessaire qu'ils soient refendus en morceaux suffisamment réduits pour entrer dans la grande cheminée de cette pièce où j'écris.

A vrai dire, je ne pouvais supporter de voir ce tronc si familier gisant en énormes tranches derrière la maison. Il fallait le faire disparaître, le transformer en bûches méconnaissables, en bois à brûler anonyme. Voilà pourquoi, laissant de côté ces pages, je m'étais volontiers mis à l'ouvrage – au fond assez content de pouvoir échapper pour quelques jours à cette écriture malade ainsi qu'à la compagnie malheureusement obsédante de celle qui l'inspire malgré elle. Cette femme précaire – en laquelle je ne reconnais presque plus celle que j'ai tant adorée pendant une vie –, ne pouvant la fuir effectivement, toute occasion est bonne pour moi de m'abolir, de m'abstraire d'elle – que ce soit par cette écriture qui m'effraie et me torture… ou encore mieux : dans une tâche bruyante, bienvenue et hors de proportion avec *mon âge*... ce qui avait fait gentiment douter les bûcherons lorsque j'avais décidé de l'entreprendre seul à la tronçonneuse et à la masse. Une dizaine de jours ont ainsi passé dans les hurlements de la tronçonneuse, les envolées de sciure, et l'exploit renouvelé de refente des énormes billots à coups de masse sur des coins de métal. Croyant échapper au tourment de cette désolante perte d'un passé qui sans l'horrible Alzheimer aurait continué à glisser dans un présent continu, jusqu'à extinction, oui, croyant momentanément échapper par cette violence au cercle des regrets, aux images qui m'obsèdent dans le silence de cette pièce où j'écris, voilà qu'au contraire la tronçonneuse rouge, attaquant de son museau cranté le bois par la tranche, lève une foule d'images toutes plus vivantes, plus délicieuses, plus déchirantes à mesure que la lame pénètre dans les cercles inscrits, par la pousse du tronc, année après année. Toutes nos merveilleuses années sont là, oui inscrites là ! m'étais-je dit, soudain bouleversé alors que la lame hurlante tranchait ces cercles parallèles... tranchait cette écriture du temps... pénétrait cette concrétion de notre temps merveilleusement vécu auprès de l'arbre malade resté pourtant si longtemps vigoureux. L'incroyable durée de plus de quarante ans de vie à deux dans ce vallon est donc là ?... Je m'étais arrêté de scier le tronc couché dont la résine dorée qui s'en échappait en perles d'ambre disait encore la poussée de vie, et j'avais patiemment compté toutes les stries, donc année après année, depuis l'aubier jusqu'au cœur de l'arbre abattu. Soixante-cinq ! Il n'avait donc qu'une vingtaine d'années quand nous nous étions installés dans cette délicieuse maison au creux du délicieux vallon ! Toi et moi, mon amour, si joyeuse, si gaie toujours, si heureuse de cette vie neuve qui s'offrait à nous dans ce Midi aimé ! Cette vie ensemble, ouverte, inattendue, une vie dont chaque instant provoquait notre émerveillement ! C'étaient nos années soixante ! Là, ces stries se sont inscrites pendant que je délirais d'un bonheur inouï de te posséder, de t'avoir près de moi à chaque instant de ma vie ! mon amour ! ma chérie ! Tu peignais. Je peignais ! Pendant que lentement, dans la chair de ce bois, se gravait le temps, obstinément s'était tracé le sillon du temps de notre passion ! Non, ma douleur est trop forte ! La lame remonte maintenant ce temps, partant de l'écorce elle tranche, *vzzzz* tranche, 2002… 2001… 2000… douleur de l'éloignement… 1999… l'éclipse, 1999, voilà, oui, ici l'éclipse, je me murmure… *vzzzz*… et voilà 1998… 1997… déjà atteinte par la maladie, toi mon amour… mais à peine… puis voilà 1996… moins atteinte encore… 1995, 1994… toi si saine maintenant, heureuse, joyeuse, là, oui là, ce cercle-là !… cercle du bonheur, ensemble si proches, si jumeaux d'amour ! ah ! et voilà 1993 !… de légères pertes de mémoire *normales*… les toutes premières dont par santé elle s'était prématurément inquiétée, elle si claire en son esprit ! elle qui mémorisait si facilement, au point de faire rire de son étonnante précision dans la reconnaissance des gens entraperçus, dans la mémorisation des chiffres, dans une connaissance *mémorable* de l'orthographe… elle, oui, d'une telle santé qu'elle avait vu un médecin préventivement car elle craignait que le mal ne soit congénital, par sa mère, par sa grand-mère maternelle !… Mais non ! Mémoire parfaite ! Merveilleuse clarté intellectuelle ! Soyez tranquille !… Et voilà que la lame tranche 1979… voilà l'année du grand feu qui l'avait laissée si calme, si juste en ses gestes, bien qu'entourée de flammes… *vzzzz*… Et toujours s'impose son si beau visage plus beau que ses plus belles photos, son visage obsédant de beauté… son corps… ses gestes… sa voix… son regard… mes yeux se brouillent de larmes, m'obligeant à suspendre un instant l'écriture de cette ligne… comme de même ils s'étaient brouillés alors que la scie hurlante continuait son terrible parcours vers le cœur du bois… Là, ah, regarde, là ! 1975… *Fokouli*… bloqué dans mon écriture, je peins la série des grandes marines… *vzzzz*… ainsi qu'avant les grandes toiles sur *Les Horreurs de la guerre électronique*… des cadavres… *vzzzz*… des machines à tuer modernes… 1970… tout en écrivant *Capitaine Shell, capitaine Esso*… et toi, mon amour, souriante, amoureuse, me regardant peindre ou écrire, à demi nue dans l'atelier vibrant des stridences ininterrompues des cigales… *vzzzz*… 1968… le joyeux mois de mai, tous les deux trop amoureux pour songer à participer à cette lointaine fête qui ne pouvait concerner ceux qui s'aiment et se privilégient, férocement égoïstes… 1966… écriture rieuse des *Années Lula*, ton livre, ma Lula, ma chérie, mon amoureuse "relectrice" dont j'entends, oh oui, le rire clair, et voilà 1965… la sublime surprise des *Années-lumière*… que nous relisions ensemble, couchés sur une couverture au soleil près du cerisier… voilà l'année 1962… nous achetons *La Béate*… 1961 nous louons *La Béate*… *Le Tourbillon*… alors que je peins d'impossibles peintures et compose sur ma guitare… *vzzzz*… oh oui, années de mes chansons… et ici, nous vivons encore à Paris… 1958… 1956… 1955… 1953… nous découvrons les Maures… Splendeur !… Espoir !… comment fuir Paris ?… 1952…. 1951… Et là… j'arrête un instant la tronçonneuse… un long silence… là, nous nous rencontrons, ma chérie, mon inconnue surgie dans *mon* temps mort… la Vie surgie !… Oh, oui ! Te voilà… voilà 1950… nuit du Nouvel An… notre Nouvel An !… Toi ! Te voilà enfin, mon amour ! Ici, enfin rencontrée ! Et puis *vzzzz*… la lame entame, au cœur du bois, les quelques stries d'avant nous – que je terminerai à la masse –, oui la lame entame *mes* tristes années alors que je doutais de la vie, alors que je doutais de continuer à vivre une vie qui n'était que tourments pour moi… Ma vie *d'avant elle… ma solitude d'avant elle en laquelle je suis retombé aujourd'hui* ! Et ainsi de suite toute la semaine, billot après billot, tranche après tranche il m'a fallu repasser par toutes ces strates – et cela une vingtaine de fois puisque l'arbre était très grand, très haut, très fort et d'un bois dur, que les bûcherons m'avaient laissé à terre, réduit en vingt billots.

*

Eh, ce serait comme un film qui repartirait à l'envers, me dis-je… mais irrégulièrement et par à-coups car si notre rencontre fut vraiment foudroyante – aussi bien par l'immédiateté de nos sentiments, que par la stupéfaction de découvrir *tout ce qui pouvait me plaire, et je dirais même m'enivrer dans une femme* –, ce fut souvent difficile et presque anéantissant pour moi quand il nous avait fallu surnager, à Paris, dans la société en accélération de nos années 1950-1960. Je n'étais vraiment pas armé pour nous défendre, et sans elle, sans sa force de vie, jamais nous n'aurions pu traverser des difficultés inimaginables aujourd'hui ! Sa lucidité, son splendide courage, sa confiance en elle… et envers les autres vis-à-vis d'elle, nous ont toujours sauvé de situations qui auraient pu être fatales à notre sens du plaisir et de l'insouciance, oui fatales à notre *légèreté*, et donc à notre amour ! Alors, si le film de cet amour devait s'enrouler à l'envers, c'est-à-dire commencer par l'instant présent, avec la destruction intellectuelle de la femme aimée, il me faut reconnaître que ce ralenti final, inversé en début, durerait bien peu d'instants par rapport à toutes nos années de félicité… jusqu'à finir dans la folle accélération retournée, traçant l'éclair foudroyant de notre rencontre… Ah, pourquoi suis-je hanté par cette absurde idée d'un retour en arrière du film de notre vie ? Est-ce l'effroi d'être revenu en solitude… tout en me sachant près d'elle sans qu'elle soit celle tant aimée ? Oui, pourquoi suis-je hanté par cette idée absurde ? Désir de croire en un *retour*, bien que sachant combien sera longue, et sans espoir de retour, cette période à venir dont rien jamais plus ne ressemblera à nos *Années Lula*… que j'ai eu l'imprudence d'ouvrir au milieu de la nuit dernière sur les pages-poème où prend forme toute mon ivresse de la femme aimée, mon ivresse pour le corps de la femme aimée, pour la présence vraiment *magique* de la femme aimée. Dans un total désespoir, j'ai reçu cette lumière… Ah, ce serait comme la lumière fossile d'une étoile, qui vous parviendrait alors que cette étoile est depuis longtemps éteinte !… Eteinte ?… Et puisque j'écris ce texte comme un texte limite, j'avouerai ici qu'en relisant ces pages-poème des larmes ont rendu floue ma lecture, pendant que je me demandais comment je peux... et pourrai encore exister sous le poids d'un tel manque, d'un tel arrachement, tout en vivant près d'elle en état de douloureuse compassion, d'énervements dont la honte me brûle, de continuels débats entre ma conscience, mon besoin fou de liberté – je dirais animale – et de revirements, malade de remords, vers cette sorte de tendresse que l'on donne aux enfants.

Assez !... Tu dois cesser cette plainte !... Mais hors la plainte que dire si ce n'est revenir obsessionnellement à notre passé ? A nos cinquante années heureuses dont presque tous mes livres ont tenté de retenir la fuite !... Alors, plutôt que d'abandonner ce texte clôturant le long cycle autobiographique entrepris en 1966, j'ouvre l'agenda vénitien décidé à recopier quand même les quelques pages restantes dont l'écriture dégradée me devient presque illisible.

"Je suis sorti dans la nuit, sous la pluie. Venise noire, parcourue de rares touristes frileux sous des parapluies. Je l'ai laissée là-haut – je lui laisse toujours le haut de notre maison, dans ces moments affreux – et j'ai été manger un sandwich dans un dernier bar ouvert du côté de San Barnaba. Triste de retrouver ma solitude d'avant elle ; de retrouver ce goût *du rien*, du néant comme avant de la rencontrer... Puis je suis revenu ici, en bas. Seul. J'ai rouvert ce cahier et j'écris sur mes genoux, incapable de le faire d'une écriture «normale» sur ma table où je travaille habituellement. J'écris mal, avec presque de la volupté à inscrire dans cette horrible forme *mon-notre* horrible situation. Je la sais là-haut, elle doit s'être mise au lit dans une sorte d'indifférence… et peut-être même d'oubli du malaise qui nous sépare. Elle me sait en bas ; elle n'est pas abandonnée – donc pour elle ça va !

Tout à l'heure j'ai été à l'extrême de l'exaspération. Je lui ai dit que je n'en pouvais plus, nuit et jour, de vivre *cela*. Elle m'a répondu qu'elle ne demandait qu'à trouver quelqu'un d'autre pour me remplacer. Je regrette de lui avoir répondu que malheureusement personne d'autre qu'une aide médicale ne pourrait se charger d'elle, etc. Honte ! J'ai parlé de sa maladie, j'ai dit : "Alzheimer", ce mot vraiment maudit ! Elle s'est réfugiée dans la chambre en claquant la porte. Et je suis parti sous la pluie.

C'est le milieu de la nuit, maintenant, et je n'ai ni le courage de monter ni celui de passer la nuit sur cette chaise où j'écris. Quel dommage que pas plus ici qu'à *La Béate* nous n'ayons une deuxième chambre. Je ne peux envisager de pénétrer dans le même lit qu'elle, en tel état de malaise. Je n'ai pas envie de la "réconciliation" quand il n'y a pas de "réconciliation" possible avec celle à laquelle je n'ai rien à reprocher et dont les comportements sont *innocents*, et d'un égoïsme candide. Je suis à son service – c'est tout ! – mais *elle ne le sait pas*. Je prépare ce qu'elle mange depuis le petit-déjeuner jusqu'au dîner, mais *elle ne le sait pas*. Je recouds ce qui est à recoudre de ses vêtements, mais *elle ne le sait pas*. Je refais son lit le matin et le prépare le soir, mais *elle ne le sait pas*. Je lave ses petits linges, mais *elle ne le sait pas*. Je range constamment derrière elle, mais *elle ne le sait pas*. Je lui suggère de ne pas oublier de se laver les dents ;

elle se fâche. Se laver les cheveux ; plus question ! Se couper les ongles des mains, des pieds, lui est devenu une tâche telle, qu'elle recule de jour en jour, prétendant qu'ils sont impeccables... Vers quoi va-t-elle ? Comment ferai-je ? Comment vivrai-je cet avenir qui s'annonce inexorablement ? Est-il possible qu'un jour nous nous soyons perdus complètement ? Ah, ma chérie, ne t'absente pas, ne t'en va pas, reste vivante, reste consciente, voilà ma main, ne la lâche pas ! Mais que comprend-elle à ces mots ? Que peut-elle comprendre à ce ton désespéré, que peut-elle encore comprendre à mon désespoir ?"

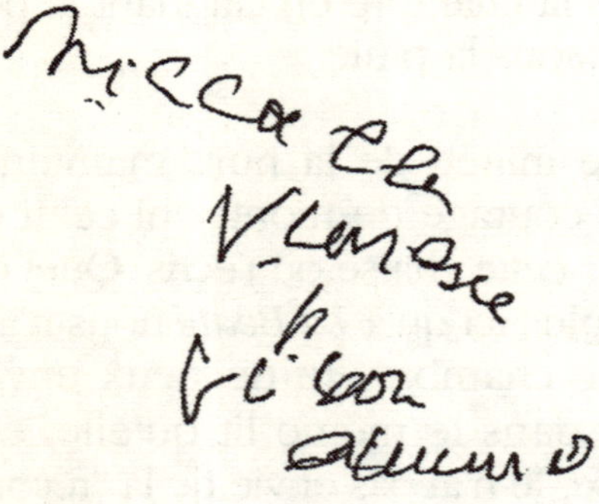

"Ce «billet» – sorte d'appel au secours – qu'elle a tenté d'écrire pour M., à Venise, pendant que je m'étais absenté. De voir ce désastre me rend malade de douleur, elle qui avait une écriture si bellement formée, si séduisante, oui si belle, vraiment !"

Restent deux pages de l'agenda vénitien. Je tiens absolument à les introduire dans ce texte, ne serait-ce qu'en témoignage de mon état d'esprit en ces temps où je ne savais encore quelle attitude mentale et physique adopter face à cette bizarre maladie que j'avais la candeur de croire "réversible". Depuis, près de deux ans ont passé. La neuropsychiatre de Paris, consultée l'hiver dernier, m'a enlevé définitivement tout espoir. Oui, celle qui avait eu cette phrase assassine d'une "morte sans cadavre" ! Ajoutant : "Elle n'a pas encore d'incontinence la nuit ? Tant mieux pour vous mais rassurez-vous, ça viendra..." avait-elle asséné, pour finir, d'un ton glacial. Bref, maintenant je suis sans secours... à vrai dire le seul secours devant la dégradation quotidienne de la femme de ma vie me vient de la possibilité, je dirais, d'épuisement par les mots que me procure le défi d'écriture. Oui, chaque mot disant ce qui est *impossible à dire et même à penser clairement* me procure une sorte de paix. C'est mon dernier recours. C'est mon dernier lieu de lutte que ces pages ! Quoi que j'écrive pendant les mois à venir, je sais que ma lutte ne faiblira pas. Bien qu'inutile pour ce qui est de mon amour, que j'aurais tant aimé sauver, je m'obligerai à poursuivre pour ne pas tomber moi-même en folie ! Car voilà, Orphée *sait* qu'Eurydice est destinée à se dissoudre en Enfer. Maintenant qu'elle est de toute manière perdue, il se retourne et la contemple longuement de toute la force de son esprit, telle qu'il avait eu la chance de la vivre. Ah, mon amour !

"Cette nuit, je vais dormir sur le petit matelas, en bas à même le sol, plutôt que de partager «notre» lit avec elle... avec cette *autre* qui n'est vraiment plus elle ce soir... comme moi je ne suis plus moi, et n'ai pas envie d'être le moi habituel avec elle. Et aussi, je n'ai plus la force et le courage d'être sans cesse réveillé par la noyade de ses bronches – car elle n'avale plus sa salive en dormant et donc se noie en ses propres poumons. Que je sois là n'aide en rien… si ce n'est de la réveiller inutilement. A vrai dire, je n'en peux plus ! Comment tenir sans devenir *fou* moi-même ?"

"Je ne cesse de penser à la jeune neuropsychiatre de Fréjus qui m'avait dit : «C'est vous qui êtes à plaindre.» Il faut croire que d'être plaint par tout le monde, que ce soit nos amis ou les neuropsychiatres, m'autorise à me plaindre moi-même. Si l'on ne me plaignait pas, en effet, peut-être n'oserais-je pas trouver mon sort effrayant. Quand je pense qu'une seule journée passée sans moi avec ma pauvre malade, pendant mon aller et retour à Paris, avait tant impressionné M. et A. qu'ils n'en avaient pas dormi de la nuit, m'ont-ils dit.

La question très sérieuse : comment arriverai-je à *tenir* jusqu'à ce que je m'organise une vie un peu plus libre – aide soignante, deuxième chambre, pouvoir souffler ?

Vite vendre *La Béate* et vite s'installer à Paris avec un lieu plus grand, des amis plus près, et surtout de l'aide ! C'est une course contre le temps et la progression de l'horrible mal !"

"Quelques jours paisibles ont passé. Tout à l'heure je me disais : ça a l'air d'aller… Et puis voilà de nouveau la catastrophe ! Pour presque rien cela a éclaté. Elle ne supporte pas que je m'inquiète très «diplomatiquement» à propos de sa toilette et certaines négligences du brossage des dents qu'elle a d'une terrible fragilité – et que le dentiste m'a recommandé, presque en suppliant, de surveiller, etc. De mon côté, je n'en peux plus de passer mes journées avec une femme gentille mais réduite to-ta-le-ment sur tous les sujets – sans parler de son incapacité à se souvenir des noms propres et de tout ce qui fait la vie liée aux autres. Ceci dit, elle se trouve bien, et ne souffre pas de ne rien savoir des autres, de ce que je fais, de ce que font tous ceux qui nous entourent. Elle se trouve épatante et, à ma grande souffrance, se vante de ses qualités. J'ai honte de l'écrire ici, mais je découvre sous la femme merveilleuse de nos cinquante années de vie ensemble une autre femme, bizarrement satisfaite d'elle-même. Ce serait comme si des tranches de sa personnalité tombaient, et que peu à peu apparaissait une nouvelle femme quasi sans tête. Mais ce qu'il y a de merveilleux… et même de soufflant pour moi, c'est qu'avec les gens elle manœuvre très adroitement pour masquer ses «trous». Je la découvre très habile et presque comiquement maligne – elle si franche, si droite. Ça fait mal ! J'aimais tant l'admirer pour disons sa «hauteur» par rapport au *paraître*. Elle était elle. Et moi j'aimais tant la voir être toujours juste en toute circonstance. Et puis à mon insupportable manque et à mon terrible désarroi, finie l'amante si sensuelle ! Des petits câlins d'enfant, c'est tout, à condition que j'en prenne l'initiative. Je la console quand elle pleure – car je la surprends en pleurs, tout à coup, comme une enfant. Elle réclame sa mère, ce qui correspond à une régression visible surtout dans sa difficulté toute nouvelle et de plus en plus grande d'enfiler ses vêtements. Quoi, c'est la situation d'une petite torture, classique, que subissent les «voyants», les témoins, les aimants réduits au statut d'accompagnateurs. Ah, comme j'en ai marre… et comme l'amour en prend un coup !"

Fin de l'agenda vénitien.

*

Voilà où j'en étais déjà… où *nous* en étions, il y a deux ans… Depuis, c'est le chaos. S'il me fallait décrire la situation, j'en serais incapable car il n'y a pas de situation, il n'y a que du n'importe quoi. Et c'est justement ce "n'importe quoi" qui use, qui décourage, qui exaspère souvent… trop souvent ! Plus rien n'est fixe, à part chaque matin au réveil, cette déclaration faite dans la mauvaise humeur et une lassitude retenue : "Je dois rentrer *chez moi*. Je ne peux plus rester ici…" Moi je réponds invariablement : "Mais tu es *chez toi* ici. Ça fait plus de quarante ans que tu es *chez toi* ici avec moi, à *La Béate*." Je la sens, butée, hostile ; les yeux perdus dans le vague, elle boit son café et répond sur un ton neutre et angoissé : "Ça ne peut plus durer ; je pars aujourd'hui." Et ainsi de suite, oui, voilà plus de deux ans que ce dialogue se répète, sans une variante, et surtout se termine par une énorme bouffée de colère rentrée, ravalée par moi dans un silence douloureux… ou alors – c'était dans les débuts de cet obsessionnel désir de départ – par une explosion de "vérités" évidemment injustes, c'est-à-dire que je la submergeais de reproches sur son égoïsme, ses caprices, son orgueil, sa vanité, bref, sur tout ce que la maladie et son malaise permanent ont fait remonter de son caractère profond et jusqu'à présent caché, parfaitement contrôlé par son intelligence, au point que rien n'en avait jamais affleuré si ce n'est d'une manière si étonnamment positive dans la vie plutôt précaire que nous avions menée. Donc, à cette menace de départ, je réponds : "Mais pars, mais pars, qu'enfin je sois seul, libre, libéré de cette servitude imposée par tes incapacités !" "Incapacités !" Honte ! Mot impardonnable qui m'a échappé parfois ! Et elle me répond avec douleur : "J'ai mes amis, heureusement qu'ils ne sont pas méchants comme toi !" Oh, je le sais, mes colères n'ont aucun sens. Elle a tout à fait raison, c'est une méchante colère, me dis-je ce soir en écrivant. Ce que j'ai toujours essayé de faire passer n'est jamais passé, bien sûr. Toute tentative de dialogue sensé, basé sur la situation "véritable" vécue par moi… et aussi par elle – mais chez elle déformée par l'effrayante oblitération de son cerveau – ne peut être que cruelle, inutile, et plus destructrice chez moi que compréhensible pour elle. Il est évident qu'elle n'a rien à voir avec ce que j'essaie en vain de lui faire comprendre. Alors, ayant enfin pris conscience que la "personne", ou disons que "l'être" en elle est définitivement démoli, oui, à la longue épuisé de découragement, ayant enfin accepté, et donc décidé de ne plus la considérer comme une personne, j'ai cessé de faire cas de ses menaces de départ, ainsi que des "caprices" découlant de son désespoir, sachant cette fois que ma femme est vraiment entrée dans les cercles de la folie, et que si je ne voulais pas moi-même devenir fou il me fallait agir envers elle comme envers un animal familier… sauf qu'un animal familier, on peut quand même lui apprendre les rudiments d'un comportement humanisé, quand chez elle plus rien ne "s'imprime" du présent et donc rien ne sert à rien sauf – pour avoir un peu de paix – d'aller dans le sens de ses aberrations… Alors maintenant, chaque matin je lui réponds : "Pars, mais ne m'en parle pas ! Commande le taxi du village, prends tout l'argent que tu veux et pars… Ce que je te demande c'est de ne plus m'en parler. Fais-le, mais n'en parle pas ! Si tu veux me quitter, quitte-moi mais ne m'en menace plus !" Ruse efficace ! Elle se renfrogne et ne dit plus rien. Un peu plus tard, dans la matinée, je ne peux m'empêcher de lui rappeler son désir de départ. Elle s'en étonne. "Tu inventes !" voilà ce qu'elle me dit, étonnée que je lui raconte quelque chose d'aussi absurde… J'écris ces lignes par une soirée de pluie ; c'est la fin de l'été ; le feu d'angle de *toujours* est de nouveau allumé dans la grande cheminée de cette pièce où je travaille ; et elle, mon amour d'une vie, somnole apparemment, comme *toujours*, allongée sur le divan – oh oui, je voudrais tellement que ce soit comme *toujours* pendant nos douces soirées d'automne de *toujours* ! Elle est là, mon amour de *toujours*, les yeux fermés ; le chat dort contre elle ; et moi j'écris étonné que le présent soit tout à coup si semblable au long, au doux, au délicieux passé vécu ensemble. Elle n'est pas malade, me dis-je, dans un instant elle va ouvrir ses yeux si beaux aux expressions tendres, elle va me parler *normalement, comme toujours*, et je lui lirai quelques pages… ces pages où je tente de décrire une femme à l'esprit perdu qui ne serait pas elle mais une invention romanesque ! Et j'attendrai ses réactions d'une intelligence, pour moi infaillible, qui, à travers sa sensibilité, comme *toujours* auparavant, m'ouvriraient aux maladresses ou aux obscurités de mon texte en élaboration. Et je pourrai croire, un instant, que le temps s'est arrêté, et que l'instable "réalité" quotidienne n'est qu'une horrible fiction, ou un mauvais rêve, comme on dit. Et que, d'évidence, la description de cette soirée d'écriture au coin du feu serait sans objet puisqu'elle viendrait en superpositon de tous les "tableaux" identiquement décrits d'un plaisir *toujours* pareil et jamais usé. De plus, le "divin" adagio du *Quintette à cordes en ut majeur* de Schubert ne fait que confirmer cette impression d'être dans *tous les temps* de notre quarantaine d'hivers passés, en parfaite solitude, dans cette maison des bois. Je sens mon cœur se serrer de tristesse à cette musique tant de fois entendue dans des circonstances qui pourraient paraître identiques. Mais elle, *aujourd'hui*, qu'entend-elle de cette musique lente et profonde, de cet adagio disant un impensable *jamais plus* ? Pleure-t-elle intérieurement comme moi-même je nous pleure ?...

Deux jours ont passé. D. est venue. Elle n'a cessé de dire combien elle était heureuse de découvrir *La Béate* et son vallon aux grands arbres fous... et moi en quelque sorte aéré, oxygéné, diverti par sa venue. Bien sûr, Danièle ne l'a pas reconnue. Et comme chaque fois il a fallu qu'elle refasse connaissance et retombe de nouveau "sur D.", c'est-à-dire sur ce qui en D. – ou quand ce sont d'autres en d'autres –, oui ce qui en D. l'avait séduite les fois précédentes, puisque infailliblement elle réagit dans les mêmes dispositions envers ceux qu'elle réapprend à re-aimer pareillement chaque fois qu'elle les revoit. Et bien sûr D., comme tous ceux qui reviennent ici, les amis qui connaissent Danièle – et que la plupart nomment Lula –, D. l'a trouvée "pas si mal que ça", et me l'a chuchoté à l'instant où elle fut seule avec moi. Ce "pas si mal que ça" me fait douloureusement sourire car en effet Danièle est stupéfiante de "tenue", de "dignité", de conscience d'elle – dans son inconscience. Oh je vois comme elle tente à tout moment de se mêler, avec parfois un aplomb pathétique, à la conversation… sans réussir à trouver les mots pour construire une phrase, ce qui donne ses rires un peu forcés, des onomatopées qu'elle tire volontairement au burlesque, des affirmations vides de sens et à côté du sujet ! Et je pense à Jeanine Queneau que Danièle aimait tant et admirait pour sa façon de tourner en dérision les "bêtises" qu'Alzheimer lui faisait commettre. Raymond s'efforçait de rire, effrayé, attendri, et moi, vis-à-vis de Danièle, comme lui quand il observait Jeanine – transposée plus tard en sa fameuse Zazie –, moi je regarde ma femme chérie et l'écoute bouleversé de prendre conscience à quel point elle se refuse – comme le faisait en dérision d'elle-même Jeanine – pour déficiente et malade, tout en *se sachant* déficiente et malade. J'imagine – à travers ce qu'il en paraît pour moi – quels efforts elle fait sur son intelligence en lente atrophie, ne serait-ce que par le chaos de sa syntaxe. Et, malgré ces impossibles efforts, transparaît l'atroce confusion installée en sa tête. Mais elle est encore si profondément belle, je dirais d'une beauté encore si sûre de son ancienne force… et à la fois elle est si perdue, que tous ceux qui assistent à cette “offre” de soi, à ce “risque” mis à nu, admirent sa présence, et en sont profondément attendris et parfois même – comme Anne W. l’autre soir – bouleversés jusqu’aux larmes. Car elle joue l’aisance avec tellement d’aisance maladroite ! Mais soudain, comme si l’effort avait été trop rude et inutile, voilà qu’elle s’abstrait découragée ; je vois son regard se fixer dans le rien, et je comprends qu’elle est épuisée intérieurement de jouer la légèreté, et qu’elle est de nouveau accablée de se savoir *en dehors* de ce qui se dit, quoi qu’elle fasse. Son intuition lui a fait en quelque sorte capter les ondes de pitié qui l’entourent d’un réseau de trop grande gentillesse, de trop d’attentions qui la gênent et la font retomber en dehors du cercle. Alors elle se “refroidit”, oh à peine mais moi je la sais – avec quelle douleur ! – dans un agacement muet et plein de reproches secrets envers ceux qui s’efforcent de continuer de parler devant elle comme si de rien n’était…

En tout cas, ces deux journées avec D. nous ont obligés à faire – ce que nous ne faisons presque plus – une balade dans le large périmètre de la propriété. Nous lui avons montré la châtaigneraie ; le sentier de la chapelle de Miremer d’où on peut voir le petit port de Saint-Tropez au loin, rose sur le bleu trop bleu de la mer ; nous avons parcouru la colline en revenant par la partie récemment débroussaillée où sera construite la maison de gardien ; quoi, nous nous sommes remis un peu dans nos pas de toute une vie ici, par les collines enserrant notre vallon protégé, protecteur, immuable, éternel. Et je songeais avec effroi à ce que cela aurait pu être si *La Béate* avait été vendue l'année dernière sur ce coup de tête désespéré qui m'avait un moment fait croire qu'il nous fallait définitivement nous enfermer dans Paris où j'espérais – à tort – trouver une aide efficace pour me seconder dans notre malheur. Par chance, en un ultime sursaut de lucidité, j'avais retiré *La Béate* de la vente. C'était moins une ! Et je pense que notre malheur serait alors devenu irréversible et sans espoir si nous nous étions arrachés à cette maison tellement bénéfique. Tandis que la vente douce de notre joli pieds-dans-l'eau de Venise – ville qu'elle a tout à fait oubliée maintenant – m'a permis d'entreprendre l'édification des structures, en complément de la trop petite *Béate*, où j'espère pouvoir mettre à l'abri ma femme désespérément aimée, de sorte que jamais – quoi qu'il arrive… et quoi qu'il m'arrive –, jamais elle ne soit jetée dans ces sortes de poubelles-mouroirs pour malades d'Alzheimer car, la connaissant, ce serait sans faute l'assassiner !

Hier matin grande victoire ! Elle m'a permis de lui laver les cheveux. Donc la voilà "belle", les cheveux fluides et mousseux… mais là encore son orgueil, rendu bizarrement susceptible par la maladie, fait qu'elle s'irrite de mes compliments, ainsi que de ceux de C., comme si d'avoir mis mes mains "étrangères" sur elle, de m'être mêlé de son intimité lui avait enlevé le peu de ce qui lui appartient encore. En effet, que lui reste-t-il si ce n'est ce qu'elle contrôle tout au moins physiquement et physiologiquement : le "territoire devenu sacré de son corps" ? De là sa susceptibilité en tout ce qui regarde son apparence. De son corps, elle veux rester maîtresse absolue. Trouve bien de ne se laver que lorsqu'elle en décide elle-même – c'est-à-dire jamais si je ne rusais avec elle et ne m'arrangeais pour lui faire croire qu'elle avait décidé la veille, par exemple, de prendre un bain ou alors de me confier la tâche “comique” de lui couper les ongles des mains et des pieds… Il faut qu'elle se donne l'impression de rester autonome en ce qui concerne sa personne. Le reste, elle l'a abandonné, plus ou moins, à moi, à C. – à vrai dire, semble-t-elle s'en être persuadée – par une sorte de paresse ou de nonchalance bien légitime… et pourquoi pas de fatigue aussi d'avoir assumé toute sa vie ces tâches dont, par une orgueilleuse pudeur, elle se décide lassée ? Alors maintenant, quand elle est seule dans sa chambre ou dans la salle de bains, elle laisse entendre qu'elle s'astreint secrètement à toutes sortes de mystérieux travaux intimes et personnels qui ne regardent qu'elle. Car, je dois le redire, le champ de ses activités se restreint inépuisablement aux dimensions devenues pour elle quasi illimitées – combien épuisantes à bien tenir en main ! – de son être physique et physiologique qu'elle “gère” en une exténuante lutte du paraître – comme si ayant été expulsée de l'intérieur de sa tête, ce qui la représente se fût affiché, en quelque sorte en façade, sur l'extérieur de son corps. Mais ce qu'elle ne veut pas admettre, c'est qu'elle est d'autant plus belle – malgré ses soixante et onze ans – qu'elle reste au plus près de son visage *naturel*. Je veux dire sans aucun fard, surtout. Pour cela, je subtilise ses rouges à lèvres, trop vifs pour la plupart, ne lui laissant qu'un rose pâle que C. a eu la bonne idée de lui offrir, et qu'elle répand abondamment sur ses lèvres, autour de ses lèvres, sur ses arcades sourcilières épilées, sur les paupières et sur l'arête du nez. Il semblerait qu'elle en soit au stade où seuls les gestes de toute une vie demeurent sans qu'il soit nécessaire qu'ils laissent forcément une trace, et s'il existait des "rouges" incolores je suis sûr qu'elle s'en contenterait. Ainsi, je la surprends souvent, ces derniers temps, en train de passer sur ses lèvres et autour de ses beaux yeux, aujourd'hui éteints, un vieux crayon à dessin tout émoussé, dépourvu de mine, toute à la satisfaction de s'imaginer en train de se rendre, comme toujours, pareille à elle-même…

*

Depuis que la maladie de Danièle est connue et reconnaissable, des signes d'amitié nous parviennent de tous les côtés. C'est à la fois un réconfort et une raison de plus de désespérer. La plupart me disent avoir pleuré en apprenant ou en constatant la nouvelle. Effectivement, l'écrivain R., notre vieil ami, n'a pu retenir devant moi ses larmes quand, dans l'entrée de notre appartement de Paris, avant qu'il ne monte l'escalier pour revoir Danièle, je lui ai chuchoté : Alzheimer. Il a fait le signe de croix orthodoxe, et de grosses larmes ont immédiatement jailli de ses yeux. K. – qui vient de Suisse nous voir demain, ici, à *La Béate* – a elle aussi pleuré au téléphone en apprenant ce malheur… et aussitôt m'a fait parvenir, "pour toi", m'a-t-elle dit, des gouttes à base de plantes sauvages suisses dont le nom m'a fait sourire : *SOS*, d'un certain Dr Bach. "Deux gouttes suffisent, au moment du stress", m'a dit K. avec son délicieux accent allemand. Au moment du stress ? Mais le stress est permanent, le stress est partout, tout le temps, que ce soit en présence de Danièle ou lorsque je suis seul, c'est tout le temps SOS car je suis vraiment en perdition. Et quel secours attendre ? De qui ? Cependant, depuis le passage de D., elle semble plus stable et même plus gaie. Tout échappe à sa compréhension mais elle est moins angoissée ; elle ne sait pas très bien où elle se trouve mais elle en est moins troublée que d'habitude. La présence quotidienne de C. semble aussi l'apaiser. Toute visite lui apporte un peu de distraction et à la fois de l'inquiétude car les noms lui échappent. Et voilà qu'aujourd'hui elle est venue, maladroite, se blottir dans mes bras et, pour la première fois depuis deux ans peut-être, elle a prononcé : "Mon amour", avec une sorte de douce tristesse, comme si soudain elle prenait conscience de son-notre éloignement et qu'un vague écho venu du fond de nos années heureuses, un vague regret aussi, ai-je pensé, remontaient fugitivement à la surface pour s'effacer aussitôt. Je l'avais serrée contre moi… j'avais serré contre moi la femme-enfant… non ! j'avais serré contre moi l'enfant et non plus la femme tant désirée et redésirée dont le corps aujourd'hui me laisse intolérablement neutre, comme si mon propre corps était gagné, je dirais même contaminé par la neutralité du sien… tout en étant très attendri par son poids d'innocente confiance. La grande enfant attendait de moi le "câlin", je dirais maternel, que je ne pouvais pas ne pas lui donner et que, bien sûr, je lui donnai. Et, un peu pour me distraire de la douleur que m'infligeait son innocence, par un jeu désolant dont j'ai pris depuis peu l'habitude, sachant qu'elle ne retrouve plus mon nom ni mon prénom je lui demandai, m'efforçant de rire : "Dis-moi comment je m'appelle ?" A quoi invariablement elle me répond d'une voix douce dont la musique m'étreint : "Tu t'appelles mon chéri." Elle fait comme si elle plaisantait mais moi j'entends la tristesse indifférente déposée maintenant dans sa voix tant aimée. Ce mouvement vers moi, je sais que je le dois à K. Nous venions de l'accompagner à la gare, après deux jours passés ensemble. Ces deux journées, bien qu'apparemment simples et presque familières, furent à vrai dire terriblement mouvementées, pour elle, en profondeur. Secrètement mouvementées dès l'arrivée de K. à la gare des Arcs jusqu'à son départ tout à l'heure par la même gare. Pleurs dans la voiture, il y a deux jours, au moment d'aller la chercher. "On m'oblige !" "On ne m'a rien dit !" "Je ne sais pas qui tu vas chercher !" J'ai beau prononcer le nom de K., non elle ne sait pas de qui il s'agit. "Mais tu sais bien, ton amie, presque ta sœur, K. !" Non, elle ne connaît pas de K. et ne veut pas la connaître ! En effet, la femme si peu changée, celle qui avait été une des premières beautés de notre époque au point que plusieurs livres de photos lui avaient été consacrés aux Etats-Unis, la sublime K. de nos années soixante, non elle ne la reconnaît pas. Devant les effusions bouleversées de son ancienne amie, elle fait semblant de se souvenir mais si froide si distante que je me détourne effrayé, des larmes plein les yeux. Pourtant, quelques jours avant, lorsque K. nous avait téléphoné et que je m'étais risqué à lui passer Danièle, j'avais cru avec émerveillement que Danièle la reconnaissait rien qu'à son accent car elle poussait des exclamations ravies et parlait avec elle *comme avant*. Quand en vérité elle ne savait pas qui était au téléphone, tout en faisant semblant de le savoir, s'adaptant aux exclamations et aux rires émus de K. en une sorte de symétrie qui "donnait le change" et de ce fait niait sa maladie. Si bien qu'en acceptant que K. vienne passer quelques jours ici, j'espérais que, revoyant son ancienne amie, par la secousse de sa réapparition, Danièle *se retrouverait* un peu à travers cette présence surgie des années passées. Mais ce fut le contraire. Soit elle ne reconnaissait vraiment pas K., soit inconsciemment elle se refusait à la reconnaître puisque, elle-même, se sachant amoindrie, il lui aurait été intolérable de continuer à faire comme si rien n'avait changé. Son unique défense et son unique dignité ne pouvaient qu'ignorer en K. celle qu'elle avait connue. En ne la reconnaissant pas elle se mettait très intelligemment hors du champ de sa maladie puisqu'elle n'avait aucun compte à rendre à leurs mémoires communes. En évitant les *tu te souviens*, elle préservait une certaine tranquillité personnelle dont elle a un immense besoin. Tout ressurgissement du passé lui est une affreuse souffrance. Cette fois, la venue de son ancienne amie m'a fait comprendre cela, et j'en ai eu la preuve au moment des adieux sur le quai de la gare. A l'instant de la quitter – donc après deux jours passés ensemble – voilà qu'en l'embrassant devant le train prêt à partir, elle sembla soudain la reconnaître : "Mais tu es K. !" Cette reconnaissance tardive laissait entrevoir à quelle profondeur se situe l'obscure conscience de son malheur, et de quels efforts de dignité viennent ses façons de ne pas reconnaître quelqu'un dont la reconnaissance lui serait trop risquée… puisqu'elle mettrait en évidence sa maladie. Que la barrière de l'amnésie soit tombée à l'instant exact des adieux signifiait très clairement qu'elle *savait* depuis le premier instant qui était celle qu'elle refusait de reconnaître. C'était donc par peur, par pudeur, par une horreur instinctive d'être vue dans l'état dégradé où elle se trouve que pendant ces deux longues journées elle avait refusé K. ? Deux longues journées de souffrances continuelles pendant lesquelles, de plus, K. n'avait pu cacher son écrasante compassion… Nous étions rentrés de la gare sans parler d'elle ni de ces deux journées passées avec elle puisqu'il est inutile, je l'ai déjà dit, de commenter les moments passés avec les autres, et que tout bascule dans une sorte de trou noir qui s'ouvre à mesure derrière nous. Mais, étrangement, à plusieurs reprises, pendant que je conduisais, elle attira vers ses lèvres ma main qu'elle détacha doucement du volant. Oui sans rien dire, c'était sa façon de me signifier qu'elle était contente de se retrouver en sécurité avec moi, qu'elle n'avait plus à faire l'effort d'être celle que K. avait connue, oui, qu'avec moi elle pouvait de nouveau se laisser aller en paix dans son monde intermédiaire. Et, un peu plus tard, quand nous fûmes cette fois en totale sécurité à *La Béate*, elle se laissa aller avec soulagement sur mon épaule, pareille à une enfant dont on aurait exigé un trop long effort de maintien. Et, tout en la câlinant avec les mêmes gestes que j'avais connus à sa mère, je me disais qu'à l'avenir, au contraire de ce que j'avais espéré, il fallait absolument lui éviter la venue de trop anciennes connaissances, et que leur ressurgissement ne pouvait lui apporter que du trouble et de la peur… Quant à moi, il me reste de la visite de K.

le sentiment renforcé qu'il me faut lutter, oui que je me dois de lutter personnellement, et je pourrais même dire égoïstement pour ma survie. Car la survie de celle que toute une vie j'ai follement aimée passe par ma propre survie morale, intellectuelle, physique. Pour qu'elle ne meure pas, je ne dois pas mourir vivant comme j'ai vu mourir les crapauds de Verrières-le-Buisson. Plus que jamais je dois rester fidèle au sens que pendant cinquante ans nous avons donné à notre vie…

Alors que nous nous trouvions seuls un instant, K. m'avait dit avec une agaçante intonation mystique : "Maintenant tu dois tout abandonner… – Comment ça ? lui avais-je répondu. – Tu dois maintenant te consacrer à elle, ne rien faire d'autre que te consacrer à elle… – Mais je ne fais rien d'autre que me consacrer à elle… – Tu dois tout abandonner pour elle, ne rien faire d'autre que de tout lui donner… Tu comprends, elle se prépare… Il faut que tu l'aides à se préparer… – Mais au contraire, je veux qu'elle sache qu'elle vit encore. Je veux qu'elle vive, et ne serait-ce que *pour elle, pour rester en santé morale et physique pour elle*, je dois continuer à écrire, à créer ! Tu ne te rends pas compte à quel point je refuse de mourir vivant ! Et pour ne pas mourir vivant, pour continuer à lui apporter de la vie, pour lui insuffler de la vie, je dois continuer plus que jamais à vivre, en plus de sa maladie, ma propre vie créatrice et intellectuelle. – Mais elle a besoin de toi. Tu dois accepter cette épreuve ; je t'assure tu dois renoncer à tout le reste. Tu dois entrer avec elle dans sa maladie. – Jamais ! Jamais je ne renoncerai à ce que j'ai toujours été et surtout à ce qu'elle a aimé en moi ! Renoncer à créer ? Renoncer à m'exprimer ? Non, ça jamais ! Ça serait renoncer au sens même de la vie que nous avons eue. Ce serait aller contre Danièle, ce serait aller contre notre amour et le sens qu'elle a toujours donné à notre vie créative, à notre vie hors du commun que je suis bien décidé à poursuivre *près d'elle* même si c'est sans elle, sans celle qu'elle a été avant, et sans celle qu'elle est devenue, mais en souvenir d'elle, par fidélité intellectuelle envers *celle* pour laquelle je suis plus que jamais rempli d'adoration." Ces paroles qui sortaient de moi me déchiraient littéralement la gorge et le cœur, oui mon cœur physique n'était qu'une pesante douleur, une plaie telle que je l'avais connue au moment de mon opération à cœur ouvert. J'étais effrayé de voir combien toute attitude religieuse mène fatalement à une sorte de passivité anesthésiante de la conscience. Bien sûr, il est prétendument beau de "renoncer" quand je trouve qu'au contraire seul un réflexe d'intime rébellion contre tous ces préjugés de "bonté", "d'humilité", de "passivité", de "renoncement" mérite d'être tenu à toute force. Ne pas céder ! Jamais ! Ne pas aller contre non plus, ne pas se crisper… mais avoir le courage et la volonté de résister en étant soi par une tension de chaque instant, un défi muet, obstiné, permanent, un désir inébranlable de vivre fort ! Il n'y a aucune autre réponse à cette affreuse maladie. Et je suis sûr que même pour elle, ma pauvre malade tant aimée, d'avoir à ses côtés un être vivant, rebelle, déterminé à sur-vivre, à super-vivre par l'art, par la création, lui apporte, lui insuffle quand même quelque chose de sa vitalité. Et c'est bien de *toute vitalité* que cette maladie est avant tout l'ennemie. Elle contamine tout, autour des malades, elle fait tache d'huile, comme on dit, elle anémie les êtres et les choses si bien que les malades pénétrant lentement dans les labyrinthes de la démence... Mais suffit ! Se complaire à écrire cela serait déjà céder à cette maladie et son futur que j'espère dévier vers une forme inconnue de survie pour ma femme tant aimée, pour moi-même et ceux qui accepteront de nous accompagner, de nous aider.

*

Hier, au soir tombant, alors que nous nous trouvions dans la véranda – elle étendue sur le divan, moi assis en face d'elle sur le canapé –, je l'ai vue soudain se transformer ; son beau visage s'était comme réveillé de sa léthargie habituelle. Une sorte de modulation sensible était apparue, redonnant à ses traits une vie qu'ils avaient perdue depuis longtemps. Ce n'était plus ce masque apparemment insensible figé par une intelligence privée de sa souplesse, mais de nouveau j'ai cru discerner ces demi-teintes de l'expression qui montrent avec quelle rapidité la pensée, quand elle est libre, peut se mouvoir en nous. Voilà que celle qui incarnait mon amour d'une vie *revivait* tout à coup devant moi dans la pénombre du soir. C'était comme si les blocs de sensations que la maladie avait figés depuis si longtemps dans son esprit retrouvaient les moyens de communiquer entre eux et que de l'un à l'autre passait maintenant un courant fluide, rapide, débarrassé de tous les empêchements. Dans l'ombre de plus en plus dense, ses yeux brillaient de larmes, et sa voix au bord des pleurs aussi me disait qu'elle n'en pouvait plus de souffrance muette. On aurait dit que les pièces de l'affreuse carapace Alzheimer, dont elle était prisonnière, se fissuraient, libérant de nouveau les souplesses d'une pensée qui n'en pouvait plus d'être étranglée. Voilà qu'elle me parlait intelligemment d'elle, de moi, de nous ; voilà qu'elle m'avouait n'en plus pouvoir "d'être à charge", de peser sur ma vie, de me priver de liberté, d'encombrer tout le monde avec "cette saleté" – ainsi désignait-elle sa maladie. J'étais bouleversé, et comme étouffé par l'exacerbation de mes regrets pour celle dont j'aurais aimé à tout instant – et plus que jamais là, maintenant – prendre contre moi le corps entier, prendre le souffle dans mon souffle, le regard dans mon regard, mêler étroitement, comme avant, nos vies, nos esprits et nos sens… mais en même temps je savais qu'à jamais son irremplaçable esprit était perdu, et que ces quelques étincelles de lucidité que l'excès de souffrance intérieure ramenait brièvement à la surface ne pouvaient se stabiliser dans une pensée suivie, dans l'échange, et donc redonner à son corps cette intelligence aussi qui depuis toujours pour moi l'avait rendue unique. Car c'était à vrai dire de l'intelligence sublime de son corps… ou plutôt de l'incarnation vraiment sublime de sa rare intelligence dans un corps sublime et d'une perfection rare dont j'avais été… dont le peintre, puis l'écrivain, et le poète, et aussi le musicien, tout en un, avaient été pendant plus de cinquante ans comme fascinés. Pour moi elle avait toujours été "indivisible", c'était son "âme neuronale" que je baisais comme c'était son corps spirituel que j'écoutais. Et voilà que fugitivement quelque chose de celle que j'avais adorée "entière" émergeait dans la véranda, oui hier soir, au jour déclinant… Mais toute fusion mentale entre nous était devenue impossible, en un instant une femme autre se substituait à celle de l'instant d'avant. Et cette peur de la perte, cette instabilité suspendue sur nous, ne me laissait qu'une muette tendresse faite de compassion et de désespoir pour la savoir à jamais perdue, puisqu'elle n'était plus elle, l'entière, mais les fragments d'une inconnue qui par instants pouvait encore vaguement me la rappeler ! Alors quoi ? Notre passion amoureuse aurait-elle été trop violente sur un temps trop long pour nous interdire aujourd'hui d'en tenter les gestes amoindris par l'incohérence ? Ne restait-il qu'une douce écoute, une douce impression d'éloignement dans la douceur et la neutralité ? J'étais venu m'asseoir près d'elle sur le divan où elle était encore étendue et, lui prenant les mains, je l'avais écoutée. Les mots ne lui venaient que très difficilement, d'autant qu'elle faisait un visible effort pour trouver les expressions – toujours approximatives et pour la plupart des néologismes – pour me confier sa lassitude d'être "à charge", d'être "foutue", avait-elle dit, en abaissant le regard sur ses mains qu'elle avait dégagées des miennes et qu'elle avait levées devant nous dans l'ombre, passant sans raison et sans la moindre transition au détail de ses bagues – dont l'argent luisait un peu à chaque mouvement – et de ses bracelets d'argent aussi, comme s'il y avait un rapport logique entre ce qu'elle voulait exprimer et les mouvantes lueurs de ses bagues et de ses bracelets qu'elle détaillait dans le soir. En même temps je constatai avec désespoir qu'elle était déjà *repartie* vers sa mère dont elle prétendait tenir ces bagues et ces bracelets – quand c'était moi qui les lui avais offerts aux différentes étapes de notre vie, et que j'aimais toujours voir sur elle comme des jalons d'argent marquant nos moments inégalés, qu'alors je croyais inoubliables. Mais tout était oublié, tout se mêlait, tout bougeait dans sa tête, et de nouveau son visage s'était figé dans cette expression "en bois", sans regard, sans la moindre trace de l'émotion qui l'avait un instant réveillée... pendant que je parlais maintenant de l'avenir qui nous attendait, cet avenir que je voulais à toute force maîtriser par des structures que j'étais en train de mettre en place. Bien sûr, elle n'y comprenait rien. Mais une sorte d'honnêteté envers ce qui restait de sa personne me faisait lui expliquer les détails de mes projets fous. Je lui parlais de la maison de gardien, qui d'ici un an serait construite non loin derrière la pinède dans le grand et bel espace maintenant débroussaillé ; je lui parlais de la chambre et de l'escalier qui aussi dans un an s'ajouteraient à *La Béate* ; je lui assurais que jamais elle ne serait abandonnée, que je serais toujours là, toujours là, ma chérie, et que ma vie entière – qui n'a été qu'amour d'elle – lui serait vouée dans l'espoir de lui épargner toute douleur, toute angoisse, et qu'elle devait me faire entièrement confiance car elle serait toujours entourée, aimée, aidée... "Tout ce que je te demande, ma chérie, oui c'est de m'aider à t'aider." Et emporté par mon élan de franchise, de confiance en celle qui s'était "réveillée" un instant en elle, j'avais eu l'imprudence de lui parler de ses cheveux, de ses dents si fragiles qu'elle devait *à tout prix* laver régulièrement sous peine de les perdre... Eh oui, j'avais stupidement pris le risque de lui parler de son corps… mais à l'instant l'atmosphère de confiance, de détente et d'entente s'était rompue et de nouveau j'avais devant moi "l'étrangère" au visage en bois à laquelle il ne fallait sous aucun prétexte parler d'elle, de son apparence puisque seul lui restait le territoire de son corps. Oui, l'étrangère ! Voilà ce qu'elle était devenue pour moi ! Pas "l'autre", non, vraiment étrangère à ce qui pouvait nous être commun, comme pour elle j'étais devenu "l'étranger" dont à peine elle réussissait parfois à retrouver le prénom et auquel elle répondait : "Mon chéri", comme je l'ai déjà dit, sur ce ton doux et musical lorsque je le lui demandais. Et ce "mon chéri" était à vrai dire désolant, puisqu'il venait non de son amour présent mais de son incapacité à me donner une identité autre que celle qu'un réflexe de douceur paresseuse lui dictait. Cette façon désarmée de me nommer malgré tout me déchirait plus douloureusement que si elle m'avait avoué ne plus rien savoir de moi… Et ainsi les jours ont passé jusqu'à la nuit dernière, où soudain j'ai été pris d'un total désespoir, d'une fatigue physique et mentale vraiment insurmontable ! Déjà depuis plusieurs nuits je n'avais pu dormir plus de trois heures, obsédé par l'instabilité de Danièle. Obsédé à vrai dire par la peur panique de ce prochain départ pour Paris car je le sais, comme pour Arles, au dernier moment elle *refusera* de bouger, de quitter *La Béate* – bien que chaque matin elle me parle avec impatience et angoisse de son désir d'aller à Paris, oui d'y retourner… Paris ? Elle nomme Paris sans savoir ce qu'est Paris ni où est Paris, disant souvent "là-bas"… Elle ne se souvient pas de l'appartement que j'ai loué *pour elle*, pour qu'elle s'y trouve bien et qui, en effet, est merveilleux, trop merveilleux pour nous… ou plutôt qui aurait été merveilleux pour nous deux il y a dix ans car c'est vraiment un appartement "pour amoureux", un appartement fait pour le bonheur et la légèreté d être deux réunis en un seul plaisir. Sauf… sauf que c'est une femme gravement malade qui maintenant vit avec moi, une femme incapable de comprendre où elle se trouve, incapable de nommer Notre-Dame toute blanche au soleil levant, Saint-Séverin et son cloître à portée de la main, Cluny à droite avec ses marronniers et son square où jouent des enfants, et non loin le jardin du Luxembourg auxquels on parvient en remontant le Boul'Mich' de nos jeunes années. Non, nous ne pouvions espérer retour plus parfait à Paris ! Mais elle s'impatiente et veut chaque matin repartir. Où ? "Chez mes amis", "dans le… là-bas… au sud", dit-elle incapable de trouver "Le Midi", ce mot sacré pour elle, qu'elle cherche inutilement. Et son regard qui fut si beau, son si profond regard aujourd'hui mort, reste posé sur rien pendant qu'elle s'efforce de me parler. Il me vient alors, vite réprimé, comme un rejet de cette étrangère greffée à moi, qui non seulement ne ressemble plus à celle que j'ai tant aimée, mais dont le caractère surtout s'est terni et je dirais même retourné, ne laissant de la femme aimée qu'une machine butée remplie d'une angoisse et d'une peur vite transmuées en gentillesse dès que se fait sentir mon exaspération… De l'écrire me fait du mal… et à la fois du bien. Devrais-je me taire, ne plus revenir sur la femme tant mythifiée par mes poèmes, mes livres, mes chansons, mes tableaux ? Faire un définitif silence sur lle ? Non ! Qu'elle vive encore en moi, en mes écrits, qu'elle m'occupe même par la douleur. Tout plutôt que le silence d'une tombe où je l'aurais abandonnée vive ! Je ne peux pas renoncer au déchirant *plaisir* d'écrire encore et encore sur elle, sur la lente et implacable dérive qui peu à peu nous fait nous séparer sans cependant nous perdre complètement de vue ! Me taire sur notre malheur serait rester artificiellement univoque, trop respectueux de moi-même, de nous, d'elle, et donc conservateur d'une œuvre morte. Si j'avais arrêté ma voix disons aux *Elégies à Lula*, oui sur la crête de mes enchantements, si j'avais fait silence ensuite, "l'enfer" vécu par nous maintenant aurait manqué à cet amour, cet amour que la douleur, la folie, et quelque chose comme un lent désamour sont en train de marquer d'une ombre terrible et à la fois d'une lumière rétrospective chaque jour plus sublime et aveuglante. Comme j'aurais aimé vivre jusqu'à l'extrême vieillesse notre amour ! Il me semblait inépuisable, notre amour, puisque après cinquante ans de bonheur quotidien je croyais chaque matin en recevoir encore le surprenant "coup de foudre". Et voilà qu'aujourd'hui cette entrée dans la mort-vivante de la femme tant aimée, sa lente et irréversible dégradation ne peuvent que rendre encore plus *indicible* le regard émerveillé que je porte sur nos si belles "années-lumière". Et chaque fois que j'en prends conscience, je reviens vers elle, je prends dans mes bras cette femme devenue maladroite et absente et je l'embrasse avec reconnaissance, malgré sa froideur résignée. "Pourquoi ne m'embrasses-tu pas, lui dis-je, pourquoi ne m'embrasses-tu jamais plus de toi-même ?" Elle me répond une vague phrase où je crois deviner quelque chose comme de l'humilité, disant quel peu de cas elle fait d'elle-même et de l'importunité que risquerait d'être pour moi un geste d'affection venant d'elle. Rien ne me bouleverse plus que cette désolante excuse car je sais qu'elle sait que plus rien ne peut me venir du fond d'elle. Non, plus aucun élan ne peut me venir du fond d'elle ! Il n'y a plus d'amour au fond d'elle ! Pour rien, pour personne ! Qu'elle tienne à moi pour le seul repère *solide* dans un univers inconsistant où sans moi elle n'aurait aucune place, je n'en doute pas. Mais hors de cette fonction je ne suis plus rien pour elle. Et personne n'existe pour elle. C'est vrai, elle a besoin de moi, mais *sans avoir besoin de moi*. Je suis de trop et je lui suis indispensable ; je suis celui de toujours sans être celui de toujours. A vrai dire je suis sans être… et sans même avoir été puisque pour celle qu'elle est en train de devenir notre passé s'efface en elle… Mais j'arrête d'écrire un instant pour monter dans la chambre au-dessus de moi, *sa* chambre. Elle est comme chaque matin étendue sur le lit, les yeux grands ouverts, immobile. Je ne peux m'empêcher de lui demander : "Ça va, ma chérie ?" Sûr du "oui" en réponse qui signifie le contraire. Elle gît sur le lit et s'ennuie. Elle sait que dessous, dans la pièce du bas, qui maintenant me sert à la fois de chambre et de bureau, j'écris. Quoi ? Peu lui importe maintenant qu'elle ne sait plus lire. Je pourrais lui dire : "J'écris *L'Eclipse*, j'écris sur ta maladie", qu'elle ne chercherait pas à comprendre. Seul le mot "maladie" la mettrait peut-être fugitivement de mauvaise humeur puisqu'elle n'est pas malade. Je me penche sur elle, j'embrasse son front et, au moment où je ressors de la chambre, j'entends : "Je t'aime", dit d'un ton triste, comme si elle se parlait à elle-même. Phrase qu'elle n'a pas prononcée depuis des mois, si ce n'est des années. Au lieu d'en être ému, ne sachant que dire, je réponds sans revenir vers le lit : “Et moi, ma chérie… Tu ne peux te douter combien…” Combien quoi ? Sous-entendu : je t’aime ? Lui dire aujourd’hui : je t’aime, je ne m’en crois pas capable. De l’amour compassionnel oui, j’en ai sans limite envers celle que je sais occupée par une souffrance secrète dont elle a perdu les mots pour la nommer. Ce : “tu ne peux te douter combien…” dit cela. Pauvre réponse lourde du poids entier de notre si beau passé qu’elle ignore maintenant… Alors je m’habitue lentement à la solitude près d’elle… solitude que peu à peu je souhaiterais sans elle. C’est-à-dire pouvoir m’éloigner d’elle pour de courtes absences, la laisser à *La Béate* sans moi, près de C. pour laquelle elle montre une affection de plus en plus vive.

*

Dans quinze jours je partirai pour Paris, seul ! Je retrouverai sans elle l’appartement si amoureusement conçu pour elle. J’y resterai seul une semaine, sans elle, alors que nous aurions pu partager ce plaisir. Je ferai mécaniquement ce que j’ai à faire pour la sortie de mon livre *L’Amour en face*, et je reviendrai m’enfermer à *La Béate* auprès d’elle dans notre douloureux huis clos. Pendant mon absence C. viendra lui tenir compagnie le jour et, de nuit, une “salariée” dormira ici, dans mon lit d’homme seul qu’elle occupera pendant les sept nuits de mon absence. Voilà ce qu’il m’a fallu organiser d’urgence depuis que Danièle refuse de prendre le train… tout en ne cessant chaque matin de faire le vain projet de partir *ailleurs*, n’importe où…

là-bas, vers un chez elle vague mais qu'elle “voit” j'imagine sans pouvoir le nommer… et si par hasard elle nomme Paris c'est pour s'en dédire le moment d'après quand j'ai eu le réflexe malvenu de vouloir la prendre au mot. Des années qu'elle est malade, et je n'arrive pas à rendre mon attitude cohérente face à son incohérence. De tous côtés on m'a proposé des manuels par lesquels on apprend à mentir aux malades, à ne plus les considérer comme des personnes, à les manipuler… pour leur bien et pour le bien de ceux qui les accompagnent dans cette longue épreuve, mais chaque fois j'ai refusé ne serait-ce que de prendre entre mes mains ces écrits aussi odieux pour moi que seraient des lettres de dénonciation anonymes. Je veux rester seul, ininfluencé, rester moi en face d'elle, même si venait à disparaître complètement ce qui pour moi était elle. Quoi qu'il arrive, elle ne sera jamais pour moi un *cas* interchangeable. Même si ce n'est plus elle, celle qu'elle fut pour moi, ce sera néanmoins toujours elle et pas une autre, ni un cas, ni une malade quelconque. A quoi comparer ce que je ressens ? L'empreinte de cette femme couchée sur le flanc, à Pompéi, donnerait peut-être une idée de l'impression que produit sur moi aujourd'hui celle pour laquelle j'ai éprouvé un si violent amour pendant cinquante ans. Je l'ai dit : c'est elle sans elle. Ce serait un peu comme une statue mal dégrossie ou un portrait peint par une intelligence malhabile : c'est et ce n'est pas elle… comme s'il y manquait l'âme de l'être. Et pourtant bien que ne se ressemblant plus, c'est elle et pas une autre, c'est elle et non un cas. J'écris ces mots, ces lignes, ces pages au milieu de la nuit. Je suis d'une solitude absolue… moi qui n'ai plus connu la solitude depuis que nos regards se sont croisés pour la première fois dans le doux Paris de nos années cinquante ! Je suis seul, et elle dort seule là-haut, dans la chambre. Et me voilà débordant de tendresse pour celle qui depuis plus d'un an ne dort plus près de moi. Son corps endormi me manque. Sa respiration me manque. Sa chaleur, l'odeur de sa peau au parfum de Shalimar me manque. Il suffirait que je monte et me glisse dans le lit, près d'elle… Je sais qu'elle me ferait une place et, bien qu'ensommeillée, elle accepterait peut-être avec une sensation d'apaisement mon corps contre le sien… Et pourtant, non ! je ne le peux pas ! Mystérieusement j'ai peur. Peur de ne serrer que l'empreinte de la femme aimée, l'empreinte vidée de son esprit. Puisque dans le noir, quand je l'attirais dans mes bras délicieusement ensommeillée, c'était ce que murmurait près de mes lèvres ce corps aimé, c'était l'*âme* de ses paroles que je buvais, c'était *l'esprit* animant ce corps invisible dans le noir que je recevais en mon propre esprit. Je le sais, toute résurrection par les mots semble compliquée, sinueuse, oblique quand on tâtonne phrase après phrase pour saisir l'ombre évanouie de l'être aimé. On admet plus facilement l'évocation d'une morte. La mort rend admissibles toutes les douleurs, tous les regrets, toutes les évocations désespérées alors qu'une "morte sans cadavre" ne peut avoir droit à l'expression d'une plus grande douleur, à de plus grands regrets, à des évocations plus désespérées… Et pourtant ! Elle sortira du sommeil, en effet, demain matin mais son "réveil" sera pour elle une nouvelle plongée dans l'absence et le désespoir, pendant que de mon côté je mettrai toute ma force de vie dans l'effort de résurrection qu'il me faudra déployer pour l'aider à rester *vivante*. Avec qui parler de cela ? L'écrire va peut-être plus loin, plus profond que le dire, mais ce qui est dit, par son côté apparemment provisoire, fugitif, *passe* dans "l'autre". En quelque sorte on l'a "donné à l'autre", on l'a jeté hors de soi, on l'a partagé. Tandis que par l'écrit, croyant sortir de soi ce qui nous tourmente, à vrai dire on le *fixe* dans une forme qui ne pourra varier et qui en premier lieu s'adresse à soi-même. Ce serait davantage un dépôt plus près du secret que du dévoilement ; oui, en premier lieu on se donne à soi-même son propre secret puisque avant que cela ne soit écrit on ne savait pas *quoi* serait écrit et *comment* cela serait écrit. L'écrit n'est pas de la parole mais de la pensée tirée par les mots à mesure qu'ils s'écrivent. Celui qui écrit ne sait pas ce qu'il va écrire. Il ne sait qu'après ce qu'il avait à "dire". De même le peintre *voit* son tableau se faire et ne sait ce qu'il est qu'après qu'il s'est peint. Voilà pourquoi dans l'écrit "l'histoire" est sans importance et sans aucun intérêt pour moi, comme en peinture le "sujet" est sans importance et sans intérêt pour moi. *Ce qui se passe* reste essentiel, aussi bien en écriture qu'en peinture quand *ce qui se passe* ne peut être mis au jour autrement que par le moyen mis en œuvre. Ainsi, dans le cas présent, je sais que je dois m'offrir à moi-même l'expression du drame obscur dont je suis obsédé. Avant de l'écrire, je ne pouvais le "dire". Depuis que je l'écris, il me semble extraire de moi ce poison, comme si de le mettre dans la lumière des mots lui faisait perdre de sa virulence. Inlassablement je cerne le mal et le contiens dans le corps de ce texte. Cette impression me vient d'une relecture, en plusieurs nuits consécutives, des pages déjà écrites de *L'Eclipse*. Ce serait un peu comme ces douleurs situées dans la tête – que ce soient les dents, les oreilles ou les sinus, par exemple –, le fait de ne pouvoir les regarder en face les rend plus effrayantes qu'une plaie visible, même plus douloureuse. De m'être relu m'a partiellement apaisé. Ce n'est plus seulement à l'intérieur de ma tête que se situent mes désespoirs ; de les avoir mis en écriture m'a soulagé. Ils sont *lisibles* maintenant. Et chose merveilleuse : il m'est soudain devenu facile d'en parler, de livrer mon malheur à autrui. Le cas s'est justement présenté la nuit dernière avec ma vieille amie O. Presque tout ce qui s'est révélé à moi par l'écrit dans cette centaine de pages, je peux dire qu'en deux heures d'une sorte de dialogue ininterrompu au téléphone je le lui ai livré spontanément. Oui, de l'avoir écrit m'a permis d'en parler librement avec elle. La parole empruntait des voies autres, et une autre voix que celle de l'écriture. Mais d'avoir délimité, par la forme de ce texte, la violence des chocs psychologiques dont je suis sans cesse ébranlé m'a permis d'en parler avec juste le recul nécessaire pour ne pas me mettre dans une situation de plainte. Je n'ai pas besoin de compassion. Ce texte m'a permis justement de ne pas quémander de compassion. O. répondait à mes paroles avec la même fermeté que moi-même je mettais à lui dire en quoi depuis toutes ces années ma situation *d'homme* était devenue intenable, que de tous côtés j'étais comme cerné, immobilisé, enchaîné… bien que débordant de projets, de vitalité, de désirs et d'irrépressible envie de respirer, de vivre librement. Et pendant que je parlais de l'impossible situation où cette maladie m'a jeté, O. me disait : “Tu dois penser à toi, tu dois trouver le moyen de vivre *à côté*, tu dois te préserver sans ça tu vas craquer.” Et je lui répondais : “Mais je craque. Je n’en peux plus. Je ne pense qu’à m’évader car j’ai un besoin fou d’oxygène, de solitude, d’irresponsabilité.” En même temps, je pensais aux rares fois où j’avais abandonné Danièle quelques heures seule, soit à Venise, soit à Paris, soit même ici à *La Béate*. Au lieu de me sentir momentanément libéré d’elle, au contraire j’avais ressenti cette désertion comme plus aliénante encore. La savoir seule, effrayée jusqu’à la panique de ne plus m’avoir à sa disposition pour l’aider, pour la *renseigner* et la guider dans ce monde devenu trop incertain où la voilà maintenant perdue, rendait ces moments d’abandon plus chargés d’elle que si j’étais resté auprès d’elle. Chaque fois je me dépêchai de rentrer, certain de la trouver errante, perdue, bien que “chez elle”, oui égarée, tremblante pareille à une enfant réveillée d’un cauchemar. Non seulement elle ignore où elle se trouve, me dit-elle d’une voix mourante, mais en plus “tu sais, ces gens ont envahi la maison dès que tu en es sorti. – Quelles gens, ma chérie ? – Mais tu sais bien, ceux qui envahissent la maison quand tu t’en vas, insiste-t-elle d’une voix qui tremble de plus en plus – Mais, mon amour, il n’y a personne, calme-toi, viens là, ma chérie, mon amour, ne crains rien, je suis là, je serai toujours là, je ne te laisserai jamais… – Tu sais, je n’ai plus ma mère, je n’ai plus mon père, je veux retourner là-bas… – Oui, mais bien sûr, tu retourneras là-bas, ne crains rien, tu y retourneras quand tu voudras…” Tout en évitant qu’elle ne voie mes larmes, je la câline désespérément. Ça la rassure, et elle se calme peu à peu. Et chaque fois que je la prends ainsi contre moi, je suis douloureusement ému de serrer ce corps, ce même corps tant aimé, adoré, célébré de toutes les manières, que ce soit par la peinture, par des romans, des poèmes, des chansons… J'aimerais tellement en avoir le désir dans notre présent détruit, mais une sorte de barrière infranchissable me *l'interdit.* Plusieurs fois dans ces pages je me suis posé la question du pourquoi d'une telle inhibition. Et chaque fois il m'a fallu l'admettre : il n'y a pas que son corps, elle était *toute et tout* pour moi. Bien que l'ayant toujours très fort désirée, c'était son désir de moi qu'avant le mien d'elle j'aimais. Elle provoquait en moi un choc érotique toujours aussi puissant. Malgré les années, l'attirance mutuelle était restée d'une délicieuse certitude. Nos désirs croisés étaient, je peux le dire, là à fleur de peau en chacun de nous. Ils nous aveuglaient sur autrui. Voilà pourquoi notre histoire sexuelle est à la fois si longue en ses détails… et si courte, vue de l'extérieur, oui voilà pourquoi elle se réduit à nous deux et à seulement nous deux. Il en a été de même pour ce qui est du goût de vivre. Je lui ai toujours dit : "Je vis par toi ; ton bonheur de vivre est mien. Avant toi, ma chérie, la vie ne m'intéressait pas. Jusqu'à toi je n'avais pas vécu, maintenant je le sais puisque tu m'as donné le sens du plaisir de vivre… puisque tu es mon plaisir…" Et ainsi de suite, me voilà rempli d'une multitude de souvenirs pareils à des éclats de soleil. Ce qui ne fait que redoubler ma douleur de l'avoir perdue encore vive… puisque je serre contre moi ce corps adulé que le mal a vidé d'elle, de sa présence si intelligente et complice ! Tout cela je l'avais dit à O., l'amie, la confidente, pendant notre conversation de la nuit. "Je suis aujourd'hui retombé là où j'en étais lorsque j'ai connu Danièle, lui avais-je dit aussi. Sauf qu'avant de la connaître les quelques femmes rencontrées, plus ou moins aimées, plus ou moins agréablement baisées, n'avaient pas suffi à m'attacher... comme dorénavant aucune femme ne pourra réussir à réveiller en moi cette même force de désir, d'attente et surtout cette certitude d'être comblé. – Ne dis pas ça..." Et voilà qu'O. me parle de plusieurs de ses amies qui... Mais à quoi bon poursuivre ! "Tu sais, avais-je ajouté, après cinquante ans d'obsessionnelle exclusivité amoureuse, avec toute autre femme je me sentirais aussi démuni qu'un ridicule *puceau*." Oui, j'avais employé ce mot d'une niaiserie insupportable. Mais justement par sa niaiserie il disait bien ce que je voulais dire. Pourrais-je aujourd'hui, après un demi-siècle d'hypnose amoureuse, être "normal" avec une autre femme ? "Il faudrait que j'éprouve un véritable *coup de foudre*, avais-je dit encore, pour pouvoir me comporter comme toute ma vie je m'étais comporté avec Danièle. – Mais bien sûr, m'avait dit O., et pourquoi pas ? Tu verras. Ça va bientôt t'arriver. – Mais non seulement faudrait-il que je rencontre celle qui m'attirerait irrésistiblement, mais l'attirance ne suffirait pas car pour aimer il faut avoir le temps d'entrer en amour. Et du temps je n'en ai pas. Non, je ne parle pas seulement des années qui me restent à vivre mais du temps disponible. Je te le répète : je suis prisonnier d'une chaîne très très courte." Voilà à peu près ce que j'avais répondu aux gentilles paroles d'O., qui j'en suis sûr me souhaite sincèrement ce "coup de foudre" auquel je ne crois pas... bien que j'en éprouve comme un désir perdu. Serrer un corps étranger contre le mien ? Qu'éprouverais-je ? S'il éveillait en moi un grand désir ce serait sûrement un impensable apaisement mais aussi un impensable déchirement d'avoir cette fois coupé définitivement les liens sexuels qui me *tenaient* si fort à la femme exclusivement aimée durant toute une vie. De jouir seul, avec un sentiment de frustration sévère, ne me donne pas l'impression de tuer quelque chose d'elle en moi. Je suis seul avec moi-même et ce sont mes sens qui opèrent cette sorte de soulagement en réponse à la maladie de celle qui a perdu le mystérieux pouvoir sur ce *nous* amoureux qu'elle avait su transcender en une sorte de poésie sexuelle presque impossible à décrire. En fait, nous sommes seuls ensemble. Elle est seule. Je suis seul. A la différence qu'elle ne le sait ou ne le sent peut-être pas tandis que moi je le sens et le sais. Supposons maintenant ce *coup de foudre*. En quelle mortelle solitude je la jette. Qu'elle n'en sache rien n'a aucune importance. L'important c'est que moi je sache qu'en m'éprenant d'une autre je la jette en mortelle solitude, je la tue définitivement… en moi puisque sa place restée présente, tout en étant vidée, serait… ou risquerait d'être remplie par cette autre. Ce ne sont pas des sophismes, c'est une réalité qui me désespère. Existe-t-il en moi une place pour cette autre à la fois désirée et non souhaitée ? me dis-je.

*

Il est deux heures de la nuit. Avant de gagner mon lit, j'ouvre un instant la télévision. Je tombe sur la chaîne 4 où s'offre en gros plan un sexe de femme transpercé, en une cadence forcenée, par un sexe d'homme en érection. La femme a un beau corps ; l'homme n'est pas trop velu. Ce sont plutôt des adolescents et leur coït n'a rien de pornographique bien qu'un X rouge marque le coin droit de l'écran. N'étant absolument pas voyeur, je ne trouve rien d'excitant à ces images plutôt innocentes et gentilles. J'ai le regret presque amusé de ma froide indifférence… et en même temps je me sens gagné aux larmes par une nostalgie désespérée à l'idée qu'elle et moi nous sommes maintenant condamnés *à perpétuité* au silence et au non-partage de nos sexes. Finies les siestes dans la grande chambre aux volets à demi tirés pendant qu'une abeille prisonnière de la vitre fait bzzz bzzz dans la chaleur, et que toi, mon amour, doucement tu gémis, puis tu cries ton plaisir dans ma bouche.

Finis nos soirs d'hiver près du grand feu d'angle éclairant de lueurs tremblantes ta peau si blanche jaillie du noir velouté des velours et des nylons noirs aux reflets moirés. Finis tes grands yeux refermés sur ton plaisir alors que je ne peux fermer les miens sur mon plaisir tellement ton extraordinaire beauté dans le plaisir me fait presque oublier mon propre plaisir tout en l'exacerbant. Que sont ces images sur l'écran, qui s'animent sans fantaisie, sans poésie, sans folie alors qu'en moi remue encore le souvenir des grandes vagues sombres de nos amours ? Pourtant sous la lumière crue des spots, la fille porte sur elle tous les signes, appauvris en fétiches, qui me rappellent que les mêmes signes avaient enrichi nos jeux rendus si mystérieux par la pénombre. Non, malgré mon insupportable abstinence de toi, mon amour, je reste froid et plutôt étonné de la stupidité des prises aux couleurs crues tout juste bonnes à filmer les chiens qu'on peut voir s'accoupler à midi en plein soleil. Ah, jamais plus toi, ma chérie m'entraînant dans les ivresses esthétiques de nos amours ?... Restent quelques photos de sa beauté, de la splendeur de son corps inégalé, de son regard doré si profond... devenu mort aujourd'hui, si bien qu'une photo récente d'elle et moi, ayant paru dans un magazine, B. – lequel est au courant du titre de ces écrits que je lui destine en première lecture – m'avait fait remarquer que l'éclipse était en effet inscrite dans le regard de Danièle d'où toute étincelle vivante a disparu maintenant... Et je songe à mon grand désir de réaliser *L'Amour en face* – film dont le scénario est prêt, et auquel semble s'intéresser un jeune producteur. Ce livre écrit l'année dernière – sur un canevas datant d'une bonne vingtaine d'années... et sur des faits vécus par elle et moi dans les années cinquante disait – pour une ultime fois, croyais-je – la passion dont je suis quasiment blessé à mort par l'entrée en néant de celle qu'une vie entière j'ai déifiée non seulement en moi-même mais par mes livres, mes poèmes, mes tableaux et mes chansons. Maintenant qu'elle a été *fixée* sous toutes les formes d'art dont je pouvais disposer, voilà que s'imposent à moi les possibilités du mouvement en images, de la lumière en mouvement, du jeu des ombres et des lumières sur les corps, sur *son* corps, sur sa réincarnation à travers une jeune inconnue qui la revivrait. Oui, la faire revivre au-delà de l'écrit et du peint dans les rythmes particuliers du film en mouvement. Au contraire des images trop précises, surcolorées et presque chirurgicales du cinéma actuel – que la télévision assassine lentement et par laquelle les films doivent à tout point de vue se rétrécir aujourd'hui –, j'aimerais ne tenir compte que de ma propre vision, que de ma propre esthétique et de la multiplicité de mes talents dont ce film serait en quelque sorte la synthèse. Encore une fois, une ultime fois “interpréter” la femme aimée, empêcher qu’elle ne s’efface définitivement, me remettre en quelque sorte en *première fois* pour la dépeindre par ce moyen neuf qu’est pour moi le cinéma. Cette “première fois” dans la création, et que Merleau-Ponty définissait avec grâce par : “Les débuts sont toujours bons.” Oui, rester un débutant par des moyens formels inconnus pour moi. Encore une dernière… et première fois la réinventer, la recréer, l’interpréter telle que je l’ai adorée ! Je le sais, placer “à une trop grande hauteur” la femme que l’on aime est un signe d’immaturité et donc de “refoulement” par la “sublimation”. Freud le dit clairement dans *Malaise dans la civilisation*. Bon ! Alors j’assume volontiers le fait que mon choix étrangement prématuré d’être peintre, puis par la suite écrivain, et même musicien pour chanter et donc “sublimer” la femme aimée est un signe précis de mon refus infantile de la mort qui doit un jour putréfier son corps. Et aujourd’hui ce désir de sublimer *en lumière* cette femme qui fut l’amour de ma vie, c’est-à-dire de la dématérialiser par cet art de la dématérialisation qu’est le cinéma, prouve qu’à l’approche de ma propre mort et au constat de sa demimort physique mon réflexe de créateur me pousserait à la placer dans l’unique forme d’art qui porte en lui la résurrection apocalyptique des morts puisqu’il a le pouvoir de faire repartir le temps à l’envers : c’est-à-dire de faire jaillir de sa putréfaction le corps d’une morte, son squelette se rhabiller de sa chair puis de sa peau pour la restituer intacte.

Parce qu'elle surgit d'un limon puant,
Devrais-je refuser la Reine d'Amour ?

écrivait Swift. Et comme lui, je pense que la "sublimation", même au prix du refoulement, doit être assumée car elle mène aux formes suprêmes de l'art. Il y a longtemps que j'ai regardé en face – grâce à l'écriture – la cause première de tous mes refoulements. Je l'ai suffisamment décrite pour ne pas trop m'y attarder ici, oui ma mère, son corps détruit, amputé, torturé, voilà quelle fut pour moi la première de toutes les femmes. Condamnée à bref délai, elle me voulait d'autant plus à elle qu'elle savait me perdre vite et à tout jamais. C'est avec de grands efforts contre l'amnésie du premier âge – et donc contre l'inévitable "refoulement" – que j'ai réussi peu à peu à reconstituer les images et les sensations des quelques années vécues par moi dans l'intimité de ma mère. Je dis bien l'intimité. Son corps d'opérée, elle me l'a, je peux dire, *donné*. A l'âge de six ou sept ans, elle m'a fait son homme. Elle m'a fait la caresser, l'explorer, la sentir, la découvrir femme alors qu'elle croyait qu'à cet âge de la petite enfance je n'en saurais rien, et ne retiendrais rien de ses faiblesses de femme seule. Peut-être qu'en effet j'aurais *normalement* tout oublié si son corps avait été lui-même *normal*. Mais voilà, ce qui manquait à son corps : le sein, un ventre intact, une peau de haut en bas parfaite, ce qui manquait aussi à ses façons de s'exprimer, d'être mère et non "amante", a fait que le moindre détail de ce que fut mon premier contact avec le corps d'une femme malade s'est imprimé en moi avec une telle force que, par la suite, tout ce qui pouvait me rappeler la putrescibilité du possible corps d'amour féminin me fut insupportable. Et je pense que mon désir d'être peintre m'est très tôt venu du plaisir prématuré de reproduire, c'est-à-dire en le peignant, de *me mettre* dans le corps de la femme non mère et donc dans ce qui est pour moi Beauté. Quelle plus stupéfiante beauté aurais-je pu rencontrer que celle de cette jeune femme d'à peine dix-neuf ans qui, de plus, m'offrait son étonnant élan de vie, de gaieté, de gravité aussi dus à une intelligence disons du "niveau" de la mienne ? Jusqu'à elle, en toute femme je craignais de découvrir… et je finissais par découvrir toujours quelque chose qui *aurait pu me rappeler ma mère malade*. Un pli, une expression, un geste, presque rien et voilà que la femme dans mes bras faisait ressurgir le terrible souvenir. Cette peur panique de découvrir quelque chose de ma mère dans ces corps qui s'offraient à moi, de rencontrer quelque non-perfection physiologique hantait, sans que je le sache, tous mes contacts amoureux. Seule la "sublimation" pouvait me sauver, donc l'art tel que je le concevais – et non tel que la formulation du subconscient par Freud l'entraînait, depuis le début du siècle, vers la régression et la reproduction souvent factice des formes primitives ou aliénées dans la création. Cependant, vivant très fort mon époque, et m'immergeant dans les recherches formelles "modernes" qui me poussaient à vouloir innover, je peignais en une sorte de dérive des toiles qui montraient et je pourrais même dire incarnaient le contraire de ce que j'espérais de l'art. Comme je l'ai analysé longuement dans plusieurs de mes livres, tout en vivant, grâce à l'amour de ma vie, dans une sorte de suprême perfection, je peignais des toiles malades, aux "beautés" putréfiées et sanguinolentes… Jusqu'au jour où, comprenant que je me servais de l'art non pour "sublimer" mais pour "refouler" afin de pouvoir "sublimer" l'autre réalité, celle vécue chaque jour avec mon amour, je fermai brusquement mon atelier pour, osons l'expression un peu trop vaniteusement durassienne, "entrer en écriture", donc quitter la matière et utiliser des formes où la "sublimation" me semblait plus aisée à réaliser. Ainsi laissai-je derrière moi le putrescible et le sanguinolent d'une peinture qui sans que je m'en sois rendu compte était en train de reproduire et donc d'exorciser les cancers de ma mère – cette première *amante* que toute ma vie sexuelle fuyait – pour entrer, oui, dans ce monde inodore et insaisissable qu'est celui des mots. Je ne veux pas ici analyser plus loin ce qu'ailleurs j'ai réussi à préciser au sujet de ma vie, de mon rapport à la peinture et à la littérature soumises aux fortes sensations que me procurait l'amour exclusif et toujours inassouvi éprouvé pour la même femme. Mais il est certain que par mon enfance je suis un "malade" de la maladie en général et donc d'autant plus malade de "notre" Alzheimer en ce moment. De plus, mon premier grand amour, je peux le dire, s'est épanoui comme une fleur vénéneuse à l'ombre du lit d'une phtisique… que j'ai vue mourir d'ailleurs dans les bras de mon père – puisqu'elle était, comment dire ? ma "belle-mère" – terme que je déteste, bien que Nahidé me semblait alors la plus "belle" de toutes les femmes, qu'elle n'avait rien d'une "mère", et qu'elle était de plus incontestablement taillée sur mesure pour moi et non pour mon père, pensais-je, en ma treizième année. Par la suite, cet amour vraiment délirant que j'avais éprouvé pour elle se retourna d'un coup, dès mon premier contact sexuel, et donc la découverte qu'il pouvait exister des femmes non malades... puis avec la rencontre de Danièle et la surprise d'aimer et d'être aimé, loin de toutes les peurs, loin de toutes les maladies et très loin de la mort. Dans notre vallon magique, on ne vieillissait pas, on ne connaissait pas la maladie, on y était toujours gais, toujours incroyablement amoureux, incroyablement sensuels et comblés, incroyablement éternels, mais oui ! On n'arrêtait pas de se plaire, et la création n'avait rien d'angoissé puisqu'elle ne faisait que dire et répéter sur tous les modes qu'on se plaisait follement, qu'on était si heureux ensemble et tout ça... Et il a fallu cette "saleté", comme Danièle qualifie Alzheimer à l'occasion de ses brefs moment de lucidité. Oui, il a fallu que la maladie pénètre dans ce vallon que nous espérions oublié de toute tristesse, de toute douleur. Il a fallu que "l'âme neuronale" de mon amour s'installe seule dans l'éternité pendant que moi je restais seul de mon côté à la porte de son éternité. Sauf que par ma toute nouvelle solitude un sens exacerbé du temps, des lieux, des événements exalte mes inquiétudes et mes peurs... alors que pour elle il n'y a plus de temps, il n'y a plus de lieux, ni d'événements, et que seule peut-être mon inquiétude l'inquiète. Elle est là, dans l'éternité de l'instant. Et mon rôle est de ne pas l'en déranger. Elle est là, pendant que j'écris, étendue sur le divan et je vois qu'elle souffre d'ennui, de silence, du vide qu'elle sait en elle. Je vois des larmes dans ses yeux. Et je sais qu'elle pleure intérieurement sa mère, morte pourtant depuis si longtemps, frappée par le même mal qu'elle. J'abandonne ces pages, je vais vers elle, je prends ses mains, j'essaie de capter son regard mais elle n'est pas là, son regard est fixé dans un nulle part auquel je n'ai pas accès… Et je me souviens de sa mère, de ce même regard plus qu'absent, le jour de l'enterrement de cet homme terrible que Danièle répugnait à accepter pour son père… et auquel je n'ai jamais adressé la parole puisqu'il m'avait toujours refusé. La tombe fraîchement creusée, autour de nous de grands cyprès noirs, un ciel terriblement bleu, partout des plaques de marbre, comme des miroirs à plat réfléchissant le soleil et, debout devant cette tranchée de terre fraîchement ouverte, Danièle tenant sa mère hébétée, le frère de Danièle, sa femme et moi. C'était tout comme cortège pour vite se débarrasser de cet homme qui fut si puissant et si redoutable. Le cercueil avait rapidement glissé dans le trou dont la profondeur – nous avait murmuré le type en noir – avait été calculée pour recevoir… il avait muettement désigné la vieille femme douce et absente que Danièle tenait contre elle avec tant d'amour. Et sans plus attendre, jetée à grandes pelletées paresseuses, la terre se mit à tomber avec un lent bruit de tambour sur le bois de la caisse. Pas une larme, ce même regard vide et plus qu'absent – que je connais maintenant à Danièle – m'avait impressionné chez sa mère. Sur le moment je m'étais dit que cette neutralité apparente montrait jusqu'à quel point cette femme avait souffert par cet homme lourd, autoritaire, sans humour ni recul sur la vie – tout son contraire – quand, à vrai dire, *elle ne savait pas* pourquoi elle se trouvait avec nous dans cet immense cimetière derrière la ville de Cannes. *Elle ne savait pas* qu'elle enterrait l'homme avec lequel elle avait vécu de si longues années, l'homme qu'elle avait aimé bel officier de marine, le père de ses deux enfants, non, *elle ne le savait pas* !… pas plus, me dis-je, que Danièle ne saurait, si je venais à mourir tout de suite, à quoi elle assiste quand on sera en train de me mettre en terre à mon tour. Ce n'était donc pas la rancœur pour les tourments que cet homme lui avait fait endurer durant les années d'une si longue aliénation qui rendait la mère de Danièle indifférente dans ce cimetière, mais l'affreux Alzheimer qui attendait maintenant qu'elle meure aussi, ce qui ne tarda pas, et nous valut quelques semaines plus tard une seconde séance de mise en terre où le second cercueil fut déposé sur le premier. Danièle pleura peu. Elle garda en elle son chagrin, elle le mit de côté sans jamais plus l'évoquer… jusqu'à ce que la maladie s'empare de ce deuil caché pour lui permettre de me dire sa maladie… sans la nommer, oui pour la signifier sans avoir à la nommer ! Pleurant sa mère, elle se pleure malade, elle se pleure atteinte de la même maladie que sa mère tant aimée tout en semblant l'ignorer puisque c'est sa mère qu'elle évoque et non ce mal "cette saleté" qu'elle répugne à nommer. Là est son refuge contre ce mal. Avec le peu de lucidité qui lui reste, elle glisse au passé, elle régresse vers sa mère protectrice, sa mère dont aujourd'hui elle se sert comme prétexte à l'immense chagrin de se savoir en état de destruction mentale. Car *elle se sait* en destruction. Il lui reste assez de lucidité pour en souffrir, et je dirais même que ce serait la seule lucidité qui lui reste quand tout s'efface et s'enfonce autour d'elle. *Elle sait* encore qu'elle ne sait plus, oui, ça je sais qu'elle le sait !

*

Elle sait qu'elle ne sait plus… c'est vrai ! Et pourtant des bribes d'information s'inscrivent malgré tout en elle. Par exemple, elle ne sait pas vraiment, mais disons qu'elle *pressent*, que je vais partir pour "Pppa… paa…". Elle sait sans le savoir que je vais la laisser huit jours à C. et à une jeune femme qui restera dormir la nuit. L'approche de cet abandon et aussi qu'une inconnue me remplace mettent Danièle en effroi intérieur. Cependant par une désolante pudeur, elle dit : "J'embête tout le monde…" et elle détourne son pauvre regard sans vie vers ce rien qui semble se situer un peu en bas, au-dessous d'elle, sur la gauche. "Ma chérie, je lui dis, ne t'en fais pas, C. est là, elle sera là, C. c'est comme si c'était moi…" C. ? Elle n'ose pas demander qui est C. mais je sais que son nom, bien qu'elle la voie tous les jours, n'a pas été mémorisé et ne le sera jamais. Elle accueille C. avec des démonstrations de joie non feinte, ça je le sais, mais que cette jolie blonde, pulpeuse comme un modèle de Renoir se nomme C., impossible pour elle de le retenir. "Ma chérie, lui dit-elle en l'embrassant avec des effusions qu'elle n'a pour personne d'autre, ma chérie, toi je t'aime, oh, toi je te connais !" Cet amour qu'elle manifeste, elle si réservée, si pudique surtout depuis sa maladie, cette tendresse pour C. me fait un bien réel. Elle n'est donc pas complètement fixée sur moi, elle peut aimer quelqu'un d'autre que moi, me dis-je, l'esprit soudain allégé par l'espoir d'échapper un peu à cette exclusivité. Je le sais, c'est *normal*, on ne vit pas "impunément" cinquante ans sans s'être quittés d'une minute pour ne pas le "payer", dirait-on. Cet "impunément" montre bien l'horreur de ma... de notre situation. "Punis" d'avoir été trop amoureusement unis par une sorte d'hypnose mutuelle ? Bien sûr on pourrait ajouter que même le fait d'être en vie porte en soi son ultime "punition". La mort nous "punira" tous d'avoir été passionnés de vivre, et cette "punition" a depuis toujours servi à altérer toute joie, surtout lorsqu'elle est brandie par ceux qui compensent leur propre incapacité à exister en prenant du pouvoir sur cette joie d'être en vie inscrite en tout ce qui vit. Mourir est en quelque sorte anxieusement accepté par la vie dès le moment de la naissance. La voracité de la larve humaine ou animale, qui dévore littéralement le sein maternel, n'est que le puissant *savoir* de la mort inscrit en nous. Naître n'est-ce pas déjà commencer à mourir ? "Mourons, c'est la vie !" écrivait le dramaturge Pichette. Mais ceux qui disent : "Souffrons c'est le prix de toute félicité", non ! Cette prétendue fatalité je la refuse et je la refuserai jusqu'au bout, âprement ! Alzheimer n'est le prix de rien ! Même pas du vieillissement que je croyais pouvoir affronter allègrement pour moi et pour mon amour. N'était-elle pas douée d'une éternelle jeunesse, ma splendide amoureuse de dix-neuf, de vingt-cinq, de trente et quarante et cinquante et soixante ans... ? L'entrée en vieillesse, je me préparais à la défier par une veille ininterrompue de l'esprit et du corps. Ah, comme nous étions bien partis pour réussir ce joyeux défi ! Nulle altération en nos corps ni en nos esprits, me réjouissais-je en dépassant déjà la soixantaine... jusqu'à ce que l'oubli s'insinue imperceptiblement au début, puis plus nettement, puis plus précisément et implacablement à mesure que ces dernières années passaient, oui jusqu'à ce qu'éclate soudain la certitude de la destruction neuronale de l'hippocampe, et donc la promesse d'une sale fin pour mon amour… comme pour moi par amour de mon amour. Et si ce n'était que l'oubli, si ce n'était seulement que l'oubli du passé, d'un passé si long, si plein comme fut le nôtre cela aurait déjà suffi à me tuer à demi… avec cependant la consolation que le présent est là, qu'il est vécu, partagé, et en quelque sorte *tenu* jusqu'à bout de souffle… Mais voilà, c'est l'oubli permanent, l'oubli du présent, l'oubli de toute chose, d'elle, de moi, de tout, cette atroce confusion qui finit aussi par abolir les souvenirs, les joies et les peines en une sorte de marécage confus d'où rien n'émerge, même pas le goût de l'instant… à part… à part la suprême joie d'une glace à la pistache dont elle raffole pathétiquement ! Oui, c'en est presque comique mais seule la gourmandise allume une brève étincelle dans son regard. Là s'est réfugiée cette sensualité sublime qui l'animait, cette sensualité qui m'avait rendu de plus en plus fou d'elle. Et, sans blague, aujourd'hui rien ne peut lui faire plus plaisir qu'une *glace à la pistache*. Elle en tire un plaisir disproportionné qu'elle ne manque jamais de souligner par un rire de gourmandise ironique un peu surjoué. Voilà tout ce qui me reste de la sensualité de cette splendide femme d'amour ! Celle qui soudain disait pour elle-même : “Ah, je suis trop heureuse, trop heureuse, trop heureuse !”, ne se doutant pas qu'il m'arrivait de surprendre ce murmure de bonheur au point d'en avoir des larmes d'émotion par un trop d'amour. Je le sais, cette confidence peut être considérée comme indécente par excès de “sentimentalité”. Eh bien, d'accord !

A force d'adorer cette femme j'en suis tombé à la longue *sentimentalement amoureux.* J'accepte sans aucune gêne le mépris des "durs de durs", la condescendance de ces hommes qui prétendent laisser aux femmes l'amour souvent trop excessif à leur goût, et qui considèrent ces sortes d'attendrissements indignes de la "race de ceux qui pissent debout" – comme le disait un concierge, ancien para, que nous avions à Paris. J'assume avoir été contaminé par le désir de douceur, de tendresse et d'amour que bien des femmes regrettent de ne pas obtenir des hommes. J'accepte et revendique même mon appartenance aux deux sexes qui nous fondent et, bien qu'exclusivement masculin par goût et par nature, je sais en moi la part de féminité qui rend "l'artiste" si curieux envers La Femme et l'infranchissable mystère qu'elle représente. C'est ce mystère infranchi – je le prétends – qui m'a retenu toute une vie auprès de la même femme, pour moi la plus mystérieuse de toutes les femmes. Croyant chaque jour mieux la connaître, j'étais persuadé que jamais je ne la connaîtrais vraiment. En quoi je ne me trompais pas, découvrant aujourd'hui, dans la grande malade qu'elle est devenue, des réactions, des traits de caractère qui, sous sa douceur naturelle, laissent deviner de nombreuses femmes jusqu'à présent insoupçonnées. L'une capricieuse jusqu'à l'aberration. L'autre exigeante et butée. D'autres mythomanes. D'autres prétentieuses. Violentes. Vaniteuses. Egoïstes. Même parfois bêtes... Sous la douceur intelligente de la femme *unique* si bien faite pour avoir partagé ma vie, et qui m'avait laissé si généreusement partager la sienne, sont apparues d'anthipatiques personnes restées insoupçonnées, qui feraient croire qu'en nous se tient tapie dans nos gènes la lignée hallucinante de ceux qui ont fini à la longue par nous produire. Oui, nous sommes *faits* d'une épaisseur de fantômes grimaçants ! Ils ne demandent qu'à sauter hors de nous pour nier notre cohérence. J'en ai fait, moi aussi ces dernières années, personnellement l'affreuse expérience à différents moments de crises, avec elle, alors qu'il m'aurait fallu plus que jamais rassembler en moi le meilleur de moi-même… et avant tout une absolue patience. Ainsi m'est-il même, une fois, arrivé de lever la main sur mon amour devenue brusquement folle alors que nous roulions à cent soixante à l'heure, la nuit, au retour d'Avignon, sur l'autoroute parmi de monstrueux camions TIR. Sans raison, et à deux reprises, elle avait voulu s'emparer du volant, le tirant de toutes ses forces vers elle… La mort aurait été immédiate et peut-être eût-il mieux valu qu'elle se produise là, comme ça, en pleine nuit sur une autoroute grondante de semi-remorques… En tout cas je tenais fermement le volant, et la voiture dévia à peine malgré son extrême vitesse. Mais je dois signaler qu'en réponse à ces gestes fous, impensables, d'une incohérence qui ne ressemblait pas à celle si intelligente et qui avait toujours été d'une douce fermeté de caractère, je fus pris d'une fureur inouïe et, la repoussant de toutes mes forces, je la frappai au jugé, sans quitter la route des yeux, oui du plat de la main *moi* je la frappai à deux reprises – ce qui déclencha chez elle une crise de nerfs… De l'écrire m'est pénible, mais d'y repenser ne fait que me rendre encore plus épris rétrospectivement de celle qui a toujours su m'apparaître d'une merveilleuse cohérence, pendant notre si longue vie partagée sans pudeur ni secret l'un envers l'autre. Ce moment de folie sur l'autoroute m'a laissé une impression épouvantable, oui d'épouvante vraiment ! Donc nous étions maintenant à la merci de forces incontrôlables. Nous étions ce couple nu, retombé en quelque sorte aux origines de l'espèce ; deux bêtes que la différence des sexes avait amoureusement appariées au printemps et qui, l'hiver venu, se retrouvent presque malgré elles enfermées dans la même tanière… oui, deux bêtes pareilles à celles d'avant le langage… deux êtres que la perte de langage venait de ramener aux gestes d'avant l'humanité. Quelques neurones en moins et voilà où nous en sommes, me disais-je assis raide près de celle que j'aurais aimé prendre dans mes bras en espérant qu'elle se "réveille", qu'elle redevienne celle qu'elle avait toujours été. Je conduisais et mes larmes démultipliaient les feux des voitures croisées. Elle se tenait maintenant sèche et muette aussi, près de moi, sans émotion, sans la moindre conscience, semblait-il, de ce qui venait de se passer dans l'étroit habitacle. Ah, si au moins elle avait pu pleurer, si nous avions pu partager le désespoir de l'incroyable perte de nous-mêmes où nous nous trouvions emportés ! Cependant, arrivés à l'entrée de notre chemin, au moment où je stoppais devant la boîte aux lettres, brusquement elle était sortie de la voiture et avait disparu dans la nuit. Donc elle se souvenait quand même de ce qui s'était passé entre nous sur l'autoroute ! Elle, qui habituellement ne savait rien de ce qui avait été dit ou fait quelques instants avant, était encore suffisamment sous le choc pour réagir par la fuite, m'étais-je dit presque rassuré. Je montai la voiture jusqu'à la maison et j'éclairai toutes les fenêtres. Ainsi, pensais-je, sera-t-elle guidée dans le noir par ces lumières si heureuses et familières. Je me trompais. Un temps assez long passa sans qu'elle n'apparaisse. Je repris la voiture et la trouvai, marchant dans la nuit, déjà loin sur la route. Je m'arrêtai près d'elle et l'invitai doucement à monter, ce qu'elle fit tout naturellement comme si de rien n'était. Je lui demandai de me pardonner ce mouvement involontaire dont la honte me restera pour la vie, avais-je ajouté. Elle parut étonnée, ne comprenant pas de quoi je voulais parler. "Souviens-toi, ma chérie, sur l'autoroute..." Non, vraiment elle ne comprenait pas de quoi je voulais parler ! Ainsi nous venions de vivre quelque chose d'innommable et voilà qu'il n'en restait rien chez elle ! Elle ne comprenait pas non plus pourquoi je venais de la faire monter dans la voiture, la nuit, en pleine forêt et ce qu'elle y faisait. Mais surtout elle ne voyait pas pourquoi je m'excusais de ma réaction à un geste d'elle dont l'évocation lui fit dire : "Ce n'est pas possible ! Je ne te crois pas, tu inventes. Jamais je n'ai fait ça !" Etrangement, au lieu de me réjouir que cette scène de délire n'ait pas laissé de traces en elle, j'en fus à la fois déçu, effrayé, et comme frappé à mort. Combien j'aurais aimé en parler avec elle, nous aider l'un l'autre à effacer ce souvenir pénible et indigne, au lieu de le garder pour moi seul ! Et à la fois, il valait peut-être mieux, pensais-je, qu'elle n'en sache rien puisque quoi qu'elle fasse et quoi qu'elle dise, dorénavant elle restera en innocence absolue. Et à partir de maintenant, quoi qu'il puisse arriver, elle sera et restera pour toujours en innocence. A toi de veiller à être d'une parfaite justice et d'une parfaite probité morale envers elle. Et de demeurer seul responsable d'elle et de moi m'écrasa de désespoir. Car si même *ça* n'avait laissé aucune trace en elle, plus rien jamais ne la marquerait… et alors, oui ! ma solitude devenait plus qu'absolue puisque de cette scène d'horreur je resterais à jamais le seul témoin. Et qu'on ne pense surtout pas que de l'avoir confessé par écrit puisse m'en absoudre. Elle seule, en le *sachant*, aurait pu nous en délivrer. Mais voilà, son fantôme avait failli nous tuer, et c'était son fantôme que par deux fois j'avais frappé.

*

Ce qui épuise non seulement mon esprit mais aussi mes forces vitales, c'est que l'inquiétude d'elle ne me quitte plus de jour comme de nuit. Mon sommeil en est tellement appauvri que le moindre craquement au-dessus de moi me fait bondir de crainte de la savoir effrayée, perdue dans sa chambre qu'elle ne sait plus comment éclairer. Il est trois heures de la nuit, pas un bruit, elle dort là-haut, et moi je relis maladivement ces pages que sans cesse je reprends comme si d'y apporter des modifications me rapprochait de l'exactitude et de l'absolue probité à laquelle elles sont consacrées. Comme j'aimerais tenir au plus près cette écriture, faire en sorte qu'elle ne dirige pas ce qui est dit mais s'y plie ! Ce que je vis, ce que nous vivons est tellement particulier ! Vouloir le mettre par écrit c'est aller à l'impossible. Cet impossible doit dicter la forme par laquelle il se rendra compréhensible, et non le contraire. Par les difficultés qu'imposent les continuelles combinaisons de mots dont s'articule ce témoignage, je ne cesse d'être en crainte de céder à leurs exigences qui les font en repousser certains pour désirer en côtoyer d'autres. Car le langage écrit non seulement se lit mais s'entend musicalement, il veut souvent être plus beau que juste quant aux faits dévoilés. Les phrases en se construisant, en cherchant leur équilibre, ont tendance à vous entraîner hors du vrai souhaité pour être art avant tout... quand moi je veux rendre la brutalité de la catastrophe qui s'est abattue sur nous et non m'offrir un "objet littéraire". Bien qu'en même temps je tiens à dire de tellement près ce que je dois dire qu'il n'est pas possible qu'une certaine "beauté" ne s'en dégage malgré tout. Ce miroir ne doit pas être déformant. C'est par lui que j'espère *voir* le plus clairement possible ce qui nous arrive. Il doit me refléter moi, tel que je suis *déformé* par la souffrance de me trouver impuissant à sauver mon amour... La plupart du temps, elle somnole, là, sur le divan près du feu où brûlent maintenant les bûches du grand pin refendu par moi il y a de ça quelques semaines. Nous entrons dans l'hiver. Ce bois, aux stries produites par nos années vécues ici, dans ce vallon – dont le compte m'avait tant bouleversé –, va maintenant se transformer en chaleur, oui en moments heureux quand même. Car de la savoir assoupie non loin de moi c'est du bonheur ! Bonheur qu'elle soit encore là, près de notre vieille cheminée d'angle. Qu'elle vive encore ! Qu'elle vive ! Que je l'aide à vivre ! Qu'elle ne souffre pas, surtout ! A moi de souffrir pour deux ! C'est ce que j'avais pensé l'autre nuit alors que je revoyais – après plus de soixante ans – un film qui étrangement m'a fait tel que je suis, et surtout m'a aidé à *refuser* tout ce qui s'écartait de la vie que je souhaitais, rêvais, désirais vivre. D'en donner le titre fera sourire mais c'est bien aux *Révoltés du Bounty* que je dois, oui vraiment, d'être ce que je suis. L'indignation. La révolte. Le refus d'obéir. Une certaine rage suicidaire devant l'injustice. La fuite. Le refuge dans l'île inaccessible avec la femme aimée. Tout cela je l'ai vécu selon une prise de conscience très violente éprouvée à l'âge de neuf ans dans un cinéma de Genève. Au-delà de son esthétique, ce sont en effet les thèmes de ce film d'une violence pour moi profondément insupportable… que la nuit dernière j'ai re-sentis avec la même intensité que l'enfant de neuf ans livré à l'injustice et au bon plaisir des adultes pour lesquels il n'éprouvait déjà que répulsion et mépris. Sa mère venait de mourir en Pologne ; on allait l'emmener en Amérique ; son père était sur le point de l'enlever pour le jeter dans de sordides pensionnats tenus par d'anciens militaires russes blancs… Suffit ! Je n'irai pas plus loin sur ce qui motiva l'écriture de mon premier livre. Mais je sais qu'à Genève, en sortant de cette séance de cinéma prétendument pour enfants, je m'étais fait le serment de ne jamais accepter, de toujours m'indigner, de toujours m'opposer, de fuir, de me mettre hors d'atteinte, et plus tard de rencontrer si possible une femme "idéale" – oui, déjà ! – qui accepterait de se retirer avec moi loin de tout… sur une île désertée des hommes et sublime, ça va de soi, par ses beautés naturelles. Ce vœu apparemment naïf, je l'ai exaucé au-delà de toute imagination. La fuite à deux a été mon arme défensive imparable. Plus de cinquante ans ont coulé sans heurts, sans "réveil" jusqu'à ce que d'un coup tout s'arrête et que le temps devienne brusquement trop long pour elle qui maintenant ne fait plus rien à longueur de jour, et s'ennuie. J'écris et elle s'ennuie. Et plus elle s'ennuie et tourne en rond, tentant de me cacher ses yeux presque constamment remplis de larmes, plus j'écris sur nous, sur elle, sur ce qui a lieu et a eu lieu, dans ces pages d'adieux définitif… La voilà qui entre timidement dans cette pièce où j'écris. Elle ne veut pas m'importuner, dit-elle, elle ne veut pas me déranger. "Tu vas partir ? Je ne sais plus ce qui se passe…" Je la rassure. Je minimise. "Je ne pars qu'un jour ou deux." Je mens. Il ne reste plus que le mensonge car on ment toujours aux malades ! Et elle est très très malade ! "Tu ne te rends pas compte de ce que je vis", dit-elle. Je me doute combien son chaos intérieur l'affole et la déprime. Au lieu de tenter de la faire disons s'exprimer, dérangé dans mon travail, et surtout épuisé d'avance par l'impossibilité d'établir un dialogue avec elle, me voilà cruel : "Mais moi aussi, tu ne te rends pas compte combien je n'en peux plus d'être immobilisé par toi." Au lieu de se rebiffer, j'ai l'étonnement de l'entendre me dire qu'elle le sait, qu'elle en a honte, qu'elle aimerait tellement que je me sente libre… Et voilà qu'encore une fois elle me reparle de ses "amis que tu ne connais pas" chez lesquels elle a décidé de partir pour me libérer. "Quels amis ?" je lui demande sans montrer mon agacement. Elle me répond avec fermeté et résolution : "Je sais qui ! Tu ne les connais pas." Je voudrais tant qu'elle se rende compte à quel point elle divague. Mais je la laisse dire puisque de croire à ces "amis" imaginaires la libère de l'angoisse de ne pouvoir rien faire. De savoir qu'il lui suffirait de se réfugier chez ces "amis" la rend autonome, aère son délire car ils ne sont "pas loin", dit-elle, "ils sont en bas", "là où je connais tout le monde". Et je comprends que c'est du Saint-Tropez des années 1950-1960 qu'elle parle en disant "en bas". "Tu sais bien que je ne te retiens pas", lui dis-je, sachant que cette phrase coupe court sur ce sujet qui me remplit d'une stupide colère intérieure. Jamais je ne m'y ferai ! Jamais je n'accepterai sa désolante certitude de trouver de l'aide auprès de *ses* "amis". "Qui accepterait de prendre soin de toi à ma place vingt-quatre heures sur vingt-quatre ? Quels amis ?" Quoi, au lieu de laisser tomber, je ne peux m'empêcher d'essayer, en la piquant encore et encore, de réveiller en elle la personne, celle qui comprendrait, qui *accepterait* sa maladie pour y faire face avec moi... Enfin, pour arrêter ce dialogue absurde, j'ai tenté tout à l'heure de l'emmener en promenade jusqu'à la chapelle de Miremer, en haut de la colline qui domine notre maison. Mais au bout d'un moment elle m'a lâché, retournant sur ses pas, et j'ai terminé seul cette balade tant aimée que nous faisions presque chaque jour, tous les deux, durant ces sublimes années passées ensemble à *La Béate*. Nous parlions du livre en cours ou, avant que je n'écrive, du tableau en cours dans l'atelier, et aussi de ses tableaux si beaux si différents des miens, ou alors des livres que nous lisions... Nous bavardions, bavardions sans fin, heureux de nous engager dans toutes les nuances de nos pensées mutuelles. Et voilà qu'aujourd'hui, revivant nos promenades passées, je marchais seul sur ce même chemin ! Et j'allais, soulagé d'être sans celle d'aujourd'hui !... et combien désespéré d'être sans celle d'hier !... me demandant si je pourrais encore vivre si elle disparaissait maintenant, toute malade qu'elle est. Vivre ? Qu'entendais-je par vivre ? J'avais vécu, ça oui ! Mais vivre ? Est-ce vivre vraiment que de survivre ? Sans sa présence, dont je prétends avoir un urgent besoin de me libérer, vivrais-je encore ? Et tout en marchant parmi les feuilles dorées tombées des châtaigniers, je laissai aller mon imagination. Toutes les suppositions de poursuivre la vie sans elle s'avérèrent négatives… et de poursuivre la vie avec elle aussi ! Conclusion : je suis dans l'impasse absolue. De quelque côté que je me tourne, pas la moindre solution. Reste quand même ce départ pour Paris, il servira de test. On verra comment ça se passe, *cette fois*, avec C. et sa jeune amie que Danièle "connaît" du village, et qu'elle aime bien revoir chaque fois… Tout mon avenir va se jouer pendant cette semaine cruciale. Si ça se passe bien, mon vieux tu es un peu sauvé ! De penser qu'il me serait possible de m'absenter ne serait-ce qu'un jour ou deux parfois, me voilà presque gai. Partir ! Dormir ! Ne plus avoir sous les yeux ma femme tellement aimée travaillée par l'horrible destruction intérieure ! Repos ! Ailleurs ! Plus penser ! Plus voir ça ! Mais j'ai peur ! Je sais que pour peu que je m'absente elle entre en démence. Elle pleure sa mère. Me réclame pour sa mère. Elle qui avec moi arrive à se "tenir" jusqu'au tréfonds de son état d'amnésie, dès qu'elle m'a perdu de vue – comme c'était arrivé une fois à Venise, avec M. et A., ou l'hiver dernier à Paris avec F., son ami d'enfance –, devient intenable, démente, méconnaissable. Par quel réel miracle C. et sa jeune amie arriveront-elles à la rendre patiente et calme sans moi ? Se pourrait-il qu'elles y réussissent ? De le penser, de l'écrire me tord l'estomac jusqu'à en ressentir de violentes douleurs. J'ai si peur à mon retour de trouver une C. découragée, effrayée, m'avouant qu'elle ne pense pas pouvoir, à l'avenir, assumer une responsabilité aussi lourde. Ce serait alors un tour d'écrou de plus à mes fers. Une prison rétrécie. Et de plus un définitif interdit sur tous mes projets, me réduisant à jamais au rôle de serviteur-garde-malade. Alors que je sens en moi comme une recrudescence d'élans créatifs, un besoin fou de sortir de ce huis clos qui m'a ramené brutalement à celui assez semblable que j'avais connu enfant auprès de ma mère dévorée par le cancer... Oui, dans une semaine exactement je serai à Paris. Mais tout en étant à Paris, je le sais, mon esprit sera entièrement tendu vers ici, vers elle, vers mon absence et l'effet qu'elle aura sur elle, sur C. et son amie. Toutes ces émissions de radio, de télévision qui m'attendent, m'importunent, ne m'intéressent pas. Je serai en liberté conditionnelle. Parler de moi, de mon travail, de mes livres n'a plus de sens pour moi. Alzheimer a tout remplacé ! Cette journée sur moi à la Maison de la Poésie, la projection du film de G. sur tous mes travaux ne m'intéresse pas non plus, bien que ce film soit vraiment admirable par son intelligence et son esthétique. Mes poèmes lus par des poètes amis ne m'intéressent pas davantage. Plus rien ne m'intéresse... sauf d'obtenir un peu de liberté, d'irresponsabilité, d'oubli. Quoi que je fasse maintenant, je serai à jamais *en manque d'elle, de celle d'avant, en manque de mon si grand amour* ! Et seule un peu de liberté pourrait apaiser cette continuelle angoisse qui me tue lentement. Moi dont la vie entière n'a été que fuite, me voilà brutalement arrêté ! La fuite m'a permis de créer autrement, d'aimer autrement, de penser, de raisonner, de rêver autrement. Ce besoin d'être insaisissable m'a si souvent dévié de tout chemin tracé d'avance. Et même d'avoir été fasciné sans répit par la même femme ne peut être compris à notre époque que comme une étrange déviance, une fuite assez particulière il est vrai. Ce qui aujourd'hui m'accable, c'est la masse de responsabilités que l'état de Danièle m'oblige à non seulement accepter mais à susciter. Me voilà entraîné dans une spirale sans fin.

*

Ce soir je suis seul. Après des journées épuisantes, j'écris dans *notre* délicieux appartement de Paris. Encore deux jours, et je retournerai m'enfermer à *La Béate*... Depuis près d'une semaine me voilà à Paris. Pas un instant sans que j'aie songé à *elle*, pas un instant sans que tout me la rappelle. Je suis en terrible manque d'elle. Comme elle me manque douloureusement ! Je suis drogué d'elle ! Rien hors d'elle n'arrête mon attention ! Je suis inquiet de la savoir sans moi. A tout moment je téléphone à C. pour qu'elle me rassure. "Ça va, elle trouve le temps long mais ça va. Ne t'inquiète pas, Serge, ça va..." Qu'y a-t-il de vrai dans ces ça va ? La voix calme de C. me rassure quand même. Puis elle me passe Danièle qui semble gaie, et qui s'exprime sans presque de difficultés : "Ne t'en fais pas, mon chéri, je pense sans cesse à toi. Tu me manques mais fais ce que tu as à faire. Tu es où ? Tu vas rentrer en France ? – Mais je suis en France, ma chérie, je suis à Paris. Dans deux jours... encore deux jours et tu viendras, avec C., m'attendre à la gare..." Je suis au bord des pleurs, bouleversé par son élocution presque nor-ma-le. Elle m'a repassé C. "Ne t'en fais pas, tout va bien… Ne te fais pas de souci…" Ces paroles trop rassurantes m'inquiètent. Pourtant, pas de doute la voix de Danièle est méconnaissable. Cette bizarre gaieté me surprend. Les mots semblent lui venir tout seuls. Depuis des années, je suis habitué à ses difficultés d'élocution, et surtout à une sorte d'intolérance agacée envers ce qu'elle ne comprend pas. Là, il est évident qu'elle ne sait pas où je suis, elle ne se doute pas que je me trouve dans cet appartement merveilleux installé pour elle, cet appartement "fait pour les amoureux"… et dans lequel il y a seulement cinq ans nous aurions sûrement vécu tous les deux comblés de bonheur. Je n'ose croire aujourd'hui qu'elle accepte avec tant d'apparente gaieté ce moment de séparation. Oui, notre première vraie séparation – à part deux nuits : l'une où j'ai été en réanimation après mon pontage, l'autre cet été quand elle a brusquement refusé de m'accompagner en Avignon, au sujet de mon théâtre –, oui, ce que je ressens comme notre toute première *réelle* séparation après cinquante ans de vie inséparée ni d'une nuit ni d'un repas ! Je n'ose croire que la raison de cette tolérance de sa part tienne à si peu de chose, à quelques gouttes pareilles à trois petites larmes tombées dans un verre d'eau. Car quelques jours avant de partir, effrayé par la perspective de la laisser si longtemps sans moi, j'avais fait demander, par M., à un médecin de ses amis, s'il n'y aurait pas *quelque chose* qui aiderait Danièle pendant mon absence. Les gouttes d'un médicament différent de ceux qu'elle prend d'habitude ont donc suffi à transformer ses états changeants en cette apparente bonne humeur qui me semble miraculeuse. Est-il possible que le dysfonctionnement de son cerveau ait été soudain modifié par ces trois gouttes quotidiennes ? Voilà que sa gaieté, ce ton soudain si tendre dans la voix m'effraient comme si cela ne pouvait pas durer encore deux jours… oui deux ultimes journées sans qu'une brusque catastrophe réduise tout à néant. Car à vrai dire j'ai peur qu'une brutale fêlure ne laisse remonter à la surface ces mystérieuses *autres elles* qui depuis les deux ou trois années passées me l'ont rendue si étrangère… alors qu'au téléphone je viens de retrouver une femme toute proche, *ma femme* plus gentille qu'elle ne l'a été depuis longtemps… et surtout si faible, si humble, que j'en suis encore bouleversé aux larmes. Ah, ces larmes ! Ces larmes ! Oui, car même ces larmes impossibles à contenir je ne veux pas les passer sous silence. Elles sont là, en permanence prêtes à brouiller mon regard puisque sans cesse je suis conscient de ce qu'elle vit en ce moment *là-bas* loin de moi. Et toujours cette peur qui ne me quitte à aucun moment !… De plus, tout à l'heure, j'ai rencontré par hasard un ami français de Venise dont la mère est atteinte du même mal que Danièle. Elles ont le même âge exactement, toutes deux étaient remarquablement intelligentes, et leurs esprits étaient bien construits. Ainsi, chaque fois que nous nous voyons, cet ami et moi, nous échangeons avec quelque chose comme une curiosité malsaine des informations sur l'état de nos malades. Jusqu'à présent les symptômes évoluaient parallèlement chez l'une et l'autre. Mais voilà que, tout à l'heure, mon ami m'a épouvanté. L'état de sa mère s'est affreusement dégradé d'un coup depuis quelques mois. Ce qu'il m'en a dit m'a fait chanceler car j'ai reçu les descriptions qu'il faisait comme la très proche anticipation de ce qui attendait mon amour et donc m'attendait moi aussi. En écrire les détails est évidemment inutile. La régression physiologique et intellectuelle de cette femme apparaît d'autant plus horrible qu'elle écrivait et participait aux réflexions des penseurs contemporains du plus haut niveau. Et voilà que maintenant "on l'a mise dans une maison spécialisée", m'a dit mon ami français de Venise. "Mais c'est un assassinat !" m'étais-je révolté. "Bien sûr que c'est un assassinat, m'avait-il répondu d'une voix brisée, bien sûr que c'est un..." Nous nous étions assis un moment dans un café près de Beaubourg et là, au milieu du va-et-vient des touristes, il m'avait parlé de l'état d'épuisement moral et physique de son père, il m'avait parlé de son propre découragement quand il revenait de ses visites auprès de sa mère qui à peine le reconnaissait, et dont il m'avait détaillé les gestes aberrants, les paroles absurdes, et surtout – ce qui m'avait fait défaillir – l'abandon de toute retenue physiologique. Non, me disais-je, ça ne se peut pas ! Non, pas Danièle, pas elle, non, non ! Et je peux dire qu'intérieurement je gémissais et qu'intérieurement je sanglotais en me souvenant des affreuses paroles de la neuropsychiatre de Paris dont les pronostics *nous* promettaient inéluctablement ce que mon ami français de Venise me détaillait concernant ses parents qu'Alzheimer était en train de déchiqueter vifs. Et cependant, pour ne pas perdre espoir, je me disais qu'il n'était pas possible que cette pathologie ne prenne des formes différentes selon les individus, selon la personnalité du malade, et surtout selon la force physique et bien sûr morale de ceux qui les "accompagnent". Je la retiendrai, me disais-je ; elle ne tombera pas, me disais-je ; je serai là ; je la soutiendrai jusqu'au bout quoi qu'il arrive ; je crois pouvoir trouver la force de survivre près d'elle, et de l'aider à survivre près de moi en m'appuyant sur l'écriture, sur la possibilité de verser dans les mots de la langue humaine le poison Alzheimer, et ainsi le dissoudre, pensais-je avec la forte volonté d'être lucidement crédule et naïf avec moi-même. Seule la naïve crédulité peut me soutenir, me disais-je encore, car la conscience objective du malheur qui *nous* frappe, mon amour et moi, cette certitude de l'inéluctable processus qui doit sous peu nous faire passer par le même chemin que les parents de l'ami français de Venise, cette histoire prédite, inévitable et fatale ne doit pas entamer ma crédulité et ma certitude en notre différence, ne serait-ce que par l'originalité de la vie que nous avons vécue – dès notre rencontre –, oui que nous avons eu le privilège de vivre malgré tout et contre tout. J'écris *L'Eclipse*... et pourquoi pas, comme après toute éclipse le soleil ne réapparaîtrait-il pas ? Pourquoi pas pour nous ? Ah, que la lumière soit en elle ! – car n'avons-nous pas eu une vie ne ressemblant à aucune autre ? Alors pourquoi le soleil ne réapparaîtrait-il pas entier après ce rayon éblouissant que vient de représenter pour moi cette voix soudain si gaie de mon amour ? Hier soir, alors que cachant difficilement mon extrême émotion, je lisais à haute voix devant G. et B. la première page de ces écrits, B. m'avait dit, tout en gardant les yeux fixés sur *Le Portrait au hamac* de Danièle peint par moi il y a bien des années, oui il m'avait dit soudain cette phrase qui me fut comme une douleur : "Après l'éclipse, le soleil, toujours !" Et voilà que ce matin, au téléphone, en effet la voix de Danièle m'a véritablement ébloui. Ah, si le processus de dégradation neuronale pouvait s'arrêter, ah si elle pouvait rester pour toujours dans l'état où elle en est, me dis-je, combien j'en serais fou de bonheur. Ah, ne pas la perdre tout à fait comme est maintenant à jamais perdue la mère de mon ami français de Venise ! Que l'avance du mal reste suspendue pour toujours !…

Je viens de relire ces trois pages écrites à Paris. Je suis de nouveau à *La Béate*. La lumière de l'automne me rend doucement triste. Des chiens aboient dans la colline ; la chasse aux sangliers est ouverte ; demain je commencerai à brûler les tas énormes de cystes, de bruyères et de genêts laissés par les débroussailleurs, ainsi que les feuilles tombées dans la châtaigneraie. Brûler ! Combien de feux avons-nous allumés ensemble, toi et moi, ma chérie ! Comme nous aimions cela ! Ce n'était pas une tâche mais un plaisir sensuel que d'avoir l'impression de flotter comme soulevés de terre dans les ors de l'automne odorants et lourds, à tel point qu'il nous semblait avancer à mi-corps dans une eau parfumée. Et en moi toujours cet inépuisable éblouissement devant la beauté de cette femme souple, gracieuse, aux gestes toujours langoureux comme si elle venait de glisser sans transition de l'alcôve aux sous-bois enfumés – ce qui en fait était vrai car de nos longues relectures sur la fourrure du lit, aux lueurs des grands feux de feuilles tombées, tout n'était que douceur dans ce vallon parfumé où notre vie *était* sans jamais donner l'impression de passer. Et pourtant notre vie a… presque passé ! Le vallon, la maison, la châtaigneraie, les grands arbres centenaires tout est bien là, identique, inchangé ainsi que moi-même inchangé… et toi aussi, ma chérie, tu es *presque* encore là… mais à chacun de tes gestes j'entends le *never more* du *Corbeau* Alzheimer. Tu es là, et tu n'es plus là ! C'est la première chose qui m'a frappé en descendant du train de Paris, hier, alors que C. t'avait accompagnée au-devant de moi à la gare. Je m'attendais à des effusions de ta part, à du plaisir de me revoir, j'avais encore en moi le son presque gai de ta voix au téléphone… Mais non ! Je ne suis même pas sûr d'avoir été vraiment reconnu par toi. Pour cacher ma tristesse et ma déception devant cette sorte d'indifférence morne… que ta voix au téléphone ne m'annonçait pas, j'avais aussitôt commencé à plaisanter car, bien que sur le point de verser des larmes, je plaisante sans cesse avec toi dans l'espoir de ne jamais laisser ton esprit en repos, de le stimuler par des façons de déformer la vérité qui te forcent à rectifier en riant vaguement – toi dont j'adorais le rire si gai si spontané ! Ainsi, faisant un peu l'idiot, t'avais-je demandé si tu n'aurais pas préféré que je reparte par le train suivant… à quoi tu m'avais répondu des mots assez confus où j'avais cru comprendre que mon départ, mon absence de huit jours, ainsi que ce retour vécu en ce moment dans cette gare n'existaient pas pour toi… Pourquoi écris-je ces phrases en m'adressant à elle ? Pourquoi lui parler d'elle, de nous, quand je sais qu'elle n'est plus *elle* ni nous *nous*. Quand je sais qu'elle n'entendrait pas mes paroles car elle n'est que vie confuse en lutte pour donner le change, comme on dit, oui pour faire croire qu'elle est telle qu'elle est par sa propre volonté et que sa mémoire c'est de son propre vouloir qu'elle l'exempte de s'encombrer d'informations inutiles. Là est son orgueil ! Si bien que ce soir, par exemple, comme presque chaque soir d'ailleurs, elle se fâche de "l'indiscrétion" que je mets à insister pour qu'elle se lave les dents, prétendant les laver mieux que tout le monde... alors que je la vois passer sa brosse – scrupuleusement et régulièrement enduite par moi de dentifrice – oui je la vois avec consternation passer sa brosse à dents sur ses paupières, sur ses lèvres, sur ses pommettes et sur son front comme si cette sorte de toilette du soir allait de soi. Au lieu de descendre dans mon bureau pour fuir cette vison de désastre, au lieu de l'abandonner à ces gestes de folle, j'insiste : "Les dents ! Oui là, à l'intérieur de la bouche ! Tu dois te laver les dents ! Pas la figure, les dents !" Et je me surprends à mimer ridiculement le brossage alors qu'elle commence à se fâcher, prétendant qu'elle ne fait pas autre chose, et qu'elle le fait mille fois mieux que tout le monde, etc. Après ces huit jours passés à Paris, dans la paix désespérée d'une solitude à la fois un peu heureuse et très malheureuse, je mesure de nouveau la profondeur du gouffre où je suis revenu m'ensevelir. Seul en tête à tête avec non pas une femme, non pas ma femme, non pas avec *quelqu'un* mais pris au piège d'un devoir compassionnel auquel j'ai peur de ne pas avoir longtemps la force de tout donner de moi.

*

Un peu plus tard, alors que nous nous trouvons seuls tous les deux, C. me dit qu'après ces huit jours passés en tête à tête avec ma pauvre malade elle *a compris*. Oui, ces huit jours lui ont paru interminables car chaque parole, chaque geste, chaque silence de Danièle a été pour elle d'un poids de détraquement difficile à supporter. C. m'a dit : "Ce que tu vis est terrible. Jamais je ne l'aurais cru. Je ne sais pas comment tu fais." Je me suis abstenu de lui répondre que moi-même je ne sais pas comment je fais, et d'où je tire tant d'énergie pour m'imposer une telle patience. Donc aujourd'hui, j'écris un peu soulagé de la pression que cette affreuse maladie a exercée sur ma vie depuis ces dernières années. Danièle est là, étendue sur le divan près du feu, son regard vide ne quitte pas la fenêtre devant laquelle pendent les feuilles d'un or blond du grand plaqueminier sauvage aux branches balancées par un léger mistral. Elle souffre, je le sais. Je vois ses yeux, rétrécis par la maladie, remplis de larmes… mais je continue à écrire car rien maintenant ne peut la consoler de se sentir "plus rien" – comme elle le dit souvent sans pour cela vouloir reconnaître sa maladie. Je sais qu'elle pense à sa mère. Dès qu'elle est allongée à ne rien faire, elle retourne vers son enfance, vers la protection si douce et pleine de gaieté d'une mère qui fut en effet une femme délicieuse. Et, bien que redoutant d'aller à elle, sachant que cela ne sert à rien d'aller à elle, j'interromps ce travail d'écriture pour tenter quand même de lui apporter un peu de douceur et de réconfort… mais c'est inutile. La confusion est telle dans son cerveau qu'aucun mot, aucun geste ne peut la tirer de sa permanente tristesse. "Va plutôt dans la véranda", ai-je fini par lui dire avec une douceur exaspérée. Ce qu'elle a fait, obéissante et humble. Alors je suis revenu ici, à ma table, et je l'ai pleurée en continuant de l'écrire avec une sensation d'extrême découragement… et surtout de remords pour lui avoir donné un ordre, alors qu'habituellement je l'interroge sur ce qu'elle préfère : rester ici ou aller dans la véranda ? Et bien sûr elle comprend qu'il vaudrait mieux qu'elle me laisse travailler tranquille. Comment me comporter normalement avec elle alors que bien souvent je suis agacé par cette souffrance muette pour laquelle je ne peux rien ? Et comment ne pas me décourager, sachant cette nuit installée en elle, comment ne pas me révolter contre cette opacité que rien ne peut déchirer ! Sans la possibilité d'écrire *tout cela* comment supporterais-je *tout cela* ?… C. part à son tour huit jours dans sa famille dans le Nord pour les fêtes de la Toussaint. Huit jours seul avec Danièle !… et rien en perspective pour me soulager de cette pesante solitude avec elle… non, à vrai dire pas avec elle mais avec sa maladie dont elle est en quelque sorte l'otage vaincue maintenant. Ce qui me trouble cependant c'est de me souvenir de cette voix si lucide au téléphone quand me sachant au loin elle me rassurait et m'encourageait à faire ce que j'étais venu faire, sans me préoccuper d'elle. J'avais cru que c'était l'effet miraculeux de ce nouveau médicament, et qu'à mon retour je la trouverais transformée… quand à la réflexion je pense aujourd'hui que de vivre à longueur de nuit et de journée, sans moi, donc en compagnie de jeunes femmes que sa mémoire perdue voyait comme étrangères – puisque même C. est oubliée dès l'instant qu'elle disparaît de sa vue –, la poussait à "donner le change" par une sorte de réflexe d'autoprotection. Car un fonds étonnant d'intelligence continuait sans doute de *savoir* qu'à aucun prix il ne fallait que celles auxquelles je l'avais confiée devinent l'entière horreur de son état. Pour ne pas les dégoûter d'elle, elle devait faire semblant d'être normale… ou tout au moins s'efforcer d'être souple et légère. De là cette étonnante comédie qu'elle avait le cran de me jouer en leur présence, quand depuis Paris je lui parlais au téléphone. Ce même cran et cette même comédie je les connais et les reconnais quand elle s'efforce pathétiquement de faire croire à ceux qu'elle n'a jamais vus qu'elle est "normale". Dans ces moments j'éprouve trop de douleur, sachant quel abominable effort lui demande cette parodie de santé mentale quand il est clair qu'elle est très malade, qu'elle est même "foutue", comme elle dit… bien qu'encore suffisamment lucide pour en subir l'humiliation devant des étrangers. Par contre, avec moi elle a perdu ses raisons de "crâner". Elle sait que j'en sais plus sur elle qu'elle n'en sait elle-même, bien qu'elle ressente l'immensité de sa perte. Hier soir au moment de la mettre au lit, encore une fois elle m'a prévenu qu'elle avait décidé de partir demain car elle n'en peut plus de m'encombrer de sa présence. Cette fois je ne lui ai pas demandé où et chez qui elle voulait s'en aller. J'ai dépassé ce stade de cruauté dont stupidement j'espérais un "réveil" chez elle. Non, cette fois, je la laissai délirer un moment sur ce départ absolument nécessaire, urgent, inévitable. Et pendant qu'avec des mots incomplets elle poursuivait son délire, je remarquai que son sac à main – dont elle ne se sépare jamais – était bizarrement plein au point qu'elle n'avait pas réussi à le fermer complètement. "Il est quelle heure ?" m'avait-elle demandé. "Oh, sûrement plus de dix heures", lui avais-je menti. En fait il était à peine huit heures mais la nuit d'automne étant précoce je pouvais sans en avoir l'air avancer ce mensonge... Enfin ! Enfin seul ! De la savoir endormie dans la chambre au-dessus de moi est devenu une *récompense.* Pouvoir écrire, relire, tenter de trouver un film sur le maudit écran où cependant presque jamais rien n'arrête mon regard et encore moins mon esprit, me laisser aller à penser ou à ne pas penser... oui me laisser aller à *m'oublier* quelques instants... et aussi entrer dans le cauchemar des comptes en euros au sujet de mes constructions folles. Oh, je sais intimement que cette fuite devant Alzheimer ressemble de plus en plus à cette fameuse course de cauchemar par un pont dont les planches s'effondrent à mesure derrière vous. Alzheimer semble même courir plus vite que moi ! Alzheimer me rattrape, Alzheimer me dépasse, Alzheimer est en train d'avoir ma peau, après avoir eu celle de mon amour ! La vente de notre si jolie demeure de Venise n'y suffira sûrement pas ! Rien que d'agrandir la petite *Béate* d'une chambre supplémentaire coûtera aussi cher que de construire la maison dite de gardien. Et pourtant je ne peux envisager l'une sans l'autre. C. vivra chez elle à quelque cent mètres de nous. Et, en prolongement de la salle de bains, sera construite la grande chambre en rajout de *La Béate* pour, le moment venu, y loger une garde permanente. Etroite équation dont je ne me sors pas dans mes continuelles insomnies que l'obsession d'Alzheimer m'impose. C'est ça... ou "la maison spécialisée" dont "un proche" m'a fait parvenir les prospectus et les conditions, oui les affreux détails d'un prétendu "mieux" pour les malades dont on se débarrasse au prix d'un tas de mensonges dont ces chiffons de papier sont littéralement empuantis. Non, jamais ! Plutôt nous tuer ensemble !... Qu'on prenne cette exclamation pour ce qu'elle est car jamais je ne pourrai faire jaillir le sang de ma tant aimée, oh non ! Ni me tuer seul non plus, en la laissant derrière moi. D'ailleurs je n'ai nulle envie de mourir, j'ai tant de projets, tant de désirs, tant de certitudes en mon talent nullement épuisé ! Mais il est vrai que par moments, n'en pouvant plus de ce huis clos, je me méfie de moi, d'un geste exaspéré, le même qu'on mettrait à ouvrir brusquement une porte pour sortir d'un lieu sans air ni lumière. Deux fusils sont là, debout dans un coin de la chambre, des cartouches à gros plombs pour sangliers sont là aussi, dans le tiroir de la coiffeuse. J'ai peur de mes moments d'égarement où seule l'inéluctable porte de la mort s'offre à moi. Il m'est même arrivé par deux fois d'armer le grand fusil à deux coups... puis de le désarmer aussitôt avec un effroi qui me laisse espérer en ma profonde santé pour m'accrocher et accrocher mon amour à ce que la vie nous propose encore de possible à vivre. Que le possible à vivre soit plus fort que l'impossible ! Que le poids de l'impossible ne fausse pas la balance ! Oui voilà ce que j'en suis arrivé à écrire ce matin avec en fond la *Cinquième Symphonie* de Tchaïkovski ! Entend-elle, là-haut, depuis la chambre où elle est étendue, cet andante dont elle a toujours été si bouleversée ? Je sais que la musique parvient parfois à l'émouvoir encore. Les mouvements larges et doux tels les andantes de Schubert ou ceux de Tchaïkovski... et bien sûr ceux de Beethoven plus que tous les autres... Beethoven dont les quatuors ont accompagné toute *sa-ma-notre* vie et dont le treizième fut je peux dire le lent, le doux révélateur de notre coup d'amour passionné quand elle était venue pour la première fois dans ma chambre, si lumineuse en sa beauté de jeune fille en train de s'épanouir femme, oui belle comme les héroïnes de films inventées par ces génies d'Europe centrale émigrés à Hollywood. "Ecoute… le *Treizième Quatuor*", lui avais-je dit en posant un grand disque de vinyle noir sur le phono à manivelle. Ce jour-là, l'aiguille buta sur un sillon et, sans que nous nous dérangions pour cela, tourna longtemps, sautant à chaque tour… Puis ce furent les disques suivants… pour finir par *La Grande Fugue*. De ce jour, nous ne nous sommes plus quittés… Ce qui me trouble et me désespère, c'est que même ces premiers moments, restés si chargés par cette musique, sont oubliés pour elle. Ce quatuor si souvent évoqué depuis, si souvent entendu pendant nos longues soirées près du feu d'angle, elle ne le reconnaît pas aujourd'hui quand je le lui repasse. Qu'entend-elle de cette musique de toute une vie ? Est-il possible que rien ne coïncide plus en elle ? Comme ne coïncide plus l'aspect de son visage – resté malgré tout encore si beau, bien qu'éteint par la destruction de son esprit – avec la surprenante lumière de son *vrai* visage dont il me semblait percevoir l'éclat même quand je croyais ne pas le regarder. D'avoir revu, inséré dans le film de G., quelques séquences tournées à *La Béate* il y a plus de trente ans par P.-A. B., où la beauté de Danièle était plus stupéfiante que jamais, m'a fait mesurer sa destruction. Et pourtant, ceux qui ne l'ont pas connue "avant" la trouvent d'une beauté et d'un éclat rares dans ce film… et même "pareille que dans les séquences d'avant", m'a dit hier soir au téléphone Béatrice L., ajoutant que Michel B., qui avait vu avec elle le film l'autre soir à la Maison de la Poésie, s'étonnait que "Danièle soit restée tout aussi sublime" sur un écart de tellement d'années. C'est vrai qu'elle est encore remarquable ! Mais moi j'éprouve chaque jour le chagrin de la voir mourir un peu plus. Ce regard velouté qui, plus que ses traits, plus que son corps, était pour moi d'une inégalable beauté, s'est éteint. Il semble que les nerfs de son visage en se crispant ont fini par rétrécir ses grands yeux qui me troublaient tant par leur mystère et par leur profondeur. Ah, ce n'est pas possible, me dis-je continuellement en la regardant à la dérobée, ah ce n'est pas possible que ses yeux soient réduits à ces deux pauvres fentes mortes pareilles à des yeux d'aveugle !... Par contre, le profil est resté le même, surtout quand je peux le contempler longuement et sans qu'elle s'en doute, comme chaque matin, dans la véranda au moment du petit-déjeuner. Le nez d'un dessin rare laisse la lèvre supérieure s'ourler parfaitement en s'ajustant avec une délicate justesse à la lèvre inférieure dont le renflement creuse l'amorce du menton... J'interromps cette description, pour laquelle les mots restent impropres, sur le point de prendre mon pinceau trempé d'encre de Chine pour encore une fois, comme je l'ai fait si souvent, poser ce profil parfait sur le blanc du papier... Mais voilà que je l'entends gémir, dans la chambre au-dessus de moi. Elle souffre, elle souffre comme chaque matin sans pouvoir s'en expliquer ni à elle ni à moi. Elle souffre de ne plus être. Elle ne sait ce qu'elle fait là, ni où elle se trouve, ni quel est le moment de la journée, ni qui je suis et pourquoi elle est avec celui-là en bas qui écrit... qui *l'écrit* sans qu'elle le sache. Et en moi cette question lancinante : Où est-elle ? Par quoi est-elle encore elle ? Se sait-elle encore ? Est-elle encore elle pour moi ? Et pourtant j'en arrive à craindre que ce nouvel "être" investi par le parasite Alzheimer ne me devienne aussi nécessaire qu'une drogue. N'est-ce pas cela que j'ai ressenti, presque avec effroi, loin d'elle, pendant mon séjour à Paris ? Elle m'a terriblement manqué. Oui, telle qu'elle est, elle m'a manqué ! Ce fut presque une joie amère pour moi de découvrir l'ampleur de cette contamination. Arriverai-je un jour à m'installer dans cette double maladie jusqu'à ne plus pouvoir m'en passer ? Horreur !!! On le sait, les parents d'enfants trisomiques, s'ils ne s'en sont pas débarrassés dès leur naissance, finissent par s'y attacher encore plus qu'à leurs autres enfants nés normaux. En moi se déchirent deux pulsions : l'aider avec cette sorte d'*amour* disons "purifié" par la double souffrance qui nous unit, qui nous attache, nous enchaîne et nous détruit lentement, et à la fois un puissant égoïsme – que je qualifierais de masculin –, égoïsme qui me pousserait à fuir, à disparaître, à tout abandonner de cette malade dont je voudrais avoir l'ignominieux courage de décréter qu'elle m'est devenue étrangère…

*

Me voilà donc maintenant revenu à *La Béate*, enfermé auprès de Danièle. Je n'ai d'autre solution que d'écrire nuit et jour… et, quand je n'écris pas, trouver toutes les tâches possibles pour ne pas rester constamment avec une femme qui de semaine en semaine s'enfonce davantage en dépression. Il semble que l'absence de C.

accuse cette attitude morne qu'elle ne cache plus comme si même son extrême pudeur quant à sa maladie l'avait désormais quittée. De plus, tout l'épouvante. Principalement la fragilité des yeux. Quand, par exemple, le chat joue près d'elle. "J'ai peur pour les yeux !" dit-elle, effrayée. Si je me penche dans la cheminée pour attiser les braises, elle me supplie de prendre garde à mes yeux. Si nous longeons le chemin bordé de yuccas. "Attention aux yeux !" Quand j'allume les grands feux de broussailles, dans la partie dégagée du terrain où doit être construite la maison de C., c'est encore de mes yeux qu'elle s'inquiète, comme si un retour de flammes pouvait tout à coup m'aveugler... Il en est de même pour les objets qu'elle craint constamment de voir chuter de la table et qu'elle ne cesse d'éloigner de ses bords. En voiture, elle tremble très sérieusement que *son côté* ne tombe dans le fossé bordant la route. "Mais voyons, lui dis-je, m'efforçant de rire, tu n'as rien à redouter, la voiture ne risque quand même pas de s'ouvrir en deux, non ? – Oh, ça tu n'en sais rien, tu n'es pas du mauvais côté. C'est arrivé à beaucoup de gens que je connais... – Ah bon ? dis-je. Tu connais des gens dont la voiture s'est ouverte par le milieu ? – Oh, oui, j'en connais beaucoup. Les routes sont pleines de choses comme ça... – Ah bon ? Tu veux dire que la partie droite de la voiture tombe dans le fossé pendant que la partie gauche où se trouve le conducteur continue à rouler rien que sur deux roues ? – Bien sûr ! C'est normal, tout le monde te le dira. – Ah bon ? Tu es sûre qu'une stupidité pareille peut vraiment arriver ? – J'en suis sûre puisque je l'ai vu. – Ah bon ? Tu as vu ça... mais où ? – C'est mon affaire puisque tu n'étais pas avec moi. – Ah bon ? Je n'étais pas avec toi ? Mais quand ça ? – Oh souvent ! Des tas de fois… pendant toutes ces années où j'ai été sans toi…" Voilà un petit échantillon comique et douloureux de nos conversations apparemment légères… bien que pour sa part elle soit tout à fait convaincue du sérieux de ce qu'elle dit. Et encore, en tentant de reproduire ce petit dialogue, je me suis abstenu de déformer les mots ou de les inachever à sa façon un peu ironique qui veut laisser entendre qu'elle est très au-dessus de tout ça. Parfois aussi des onomatopées remplacent certains mots ou certaines fins de phrases. Là encore elle fait comme si pour elle finir une phrase ou dire un mot en son entier ne serait qu'une mesquinerie et un manque évident de fantaisie. Cela c'est le côté ludique de son comportement, quand elle se sent bien, c'est-à-dire plutôt "hors de chez elle". A d'autres moments elle me dit : "Tu ne te doutes pas de ce qui se passe en moi…" "Tu ne te rends pas compte de tout ce que je pense…" "Tu ne te doutes pas combien je suis malheureuse de ce que je sais…" "Oh, je pense, crois-moi !…" "Je ne suis pas idiote !…" "Je n'arrête pas de penser *à tout ça* !…" Il lui arrive même de dire *"cette saloperie"*… à condition que je ne précise pas, et autant que possible que je ne relève pas l'allusion à sa maladie. Tout doit rester vague, innommé. Si elle souffre, c'est pour des raisons qu'elle seule connaît. Personne ne peut comprendre. Et moi moins que quiconque. Ses souffrances sont à elle. Secret !… La porte de cette pièce où j'écris vient d'être très doucement poussée. C'est elle, timidement elle me montre une bouteille d'eau minérale qu'elle tient à la main. "C'est ça ?" me dit-elle. "Quoi ça, ma chérie", dis-je. "On peut s'en servir ?" dit-elle. "Mais bien sûr, ma chérie", dis-je.

“On peut s’en servir pour faire quoi ?” dit-elle. “Mais c’est de l’eau que tu peux boire, ma chérie”, dis-je. “Ah ? Excuse-moi, je t’ai dérangé, mais je ne savais plus…” dit-elle. “Mais non, ma chérie, tu sais bien que tu ne me déranges jamais. Tu dois toujours me demander quand tu ne sais pas… Attends, je vais te donner un verre pour boire”, dis-je en me levant, les yeux troublés de larmes. Je vais dans la cuisine et lui remplis un verre d’eau. “Comme je suis désolée… comme tu es gentil mon amour… Ah, tu sais… je ne sais plus rien…” me dit-elle d’une voix douce et d’une humilité qui me fait terriblement souffrir. Est-ce possible qu’elle soit *vaincue* au point d’avoir honte non seulement de ses gestes ou de ses demandes mais honte d’être ? Fini le temps où son orgueil niait la maladie, niait les gestes déplacés, niait les paroles qui trahissaient la perte de repères. Elle si rebelle par nature, est-il possible qu’Alzheimer l’ait *vaincue* ? Oui, me dis-je, elle est *vaincue* ! J’attire son visage tant aimé vers moi et l’embrasse “maternellement”. “Tu es trop gentil…” me dit-elle de sa voix douce, un peu neutre et si triste ! “Viens, ma chérie, dis-je, viens t’étendre dans la véranda. Regarde, le chat te suit, il ne demande qu’à se coucher près de toi dans la véranda. – Oh, tu sais, me dit-elle, j’ai beaucoup de choses à faire là-haut dans la chambre…” Elle disparaît. Je l’entends au-dessus de moi aller et venir… s’occuper à déranger le peu d’ordre qu’inlassablement je tente d’entretenir dans sa penderie… Comme chaque matin elle doit être en train de sortir toutes ses vestes pour lesquelles elle a une sorte d’adoration, à tel point qu’il lui arrive d’en enfiler trois l’une sur l’autre… dont certaines à l’envers. Souvent aussi elle en fourre dans son sac et en emporte même une ou deux pliées sur son bras. Il y a quelques mois encore je devais m'abstenir de lui en faire la remarque car elle s'en vexait m'assurant que c'étais *exprès* qu'elle enfilait plusieurs vestes l'une sur l'autre, "comme tout le monde" d'ailleurs, et que certaines de ses vestes, elle se considérait libre de les mettre comme il lui plaisait, et d'en prendre autant qu'il lui plaisait... Bien sûr, de tels détails pourraient paraître sans intérêt puisqu'ils sont incomptables. Mais si ce matin je m'applique à isoler ceux-là parmi tant d'autres, c'est pour souligner avec quelle vertigineuse vitesse le caractère si tranquille et intelligent de ma femme a été brisé par la conscience de son malheur. Après être passée par une phase d'exaspération altière, phase qui a marqué les débuts de sa maladie, la voilà donc cette fois tout à fait *vaincue* par le mal jusqu'à donner à sa voix, à ses façons d'être, cette forme d'humilité qui me bouleverse. Je serais presque en regret des réactions injustes, et souvent exaspérantes, caractérisant, comme je l'ai dit, la première phase de sa maladie. C'est qu'elle luttait encore avec violence, intolérance, révolte... elle luttait désespérément, bien que ses violences, ses intolérances, ses révoltes aient toujours été... comment dire ?... aient toujours été imprégnées de cette native douceur qui n'est qu'à elle. Révoltée, elle l'a toujours été. Sans son caractère exigeant de justice et d'extrême probité, je pense qu'elle n'aurait pas choisi la vie précaire, sans espoir d'amélioration ni de "réussite" qu'en entrant dans ma vie misérable elle savait être appelée à mener. Rien ne présageait un mieux dans le genre de vie que j'avais choisi et qui à la fois m'avait été imposé par mes origines et le non-milieu d'où je venais. Aucun secours, sûrement aucune aide à attendre ! Seule l'obsession de peindre me tenait et me donnait le courage de poursuivre. Et voilà que gaiement une jeune fille, évidemment faite pour un tout autre destin, était entrée chez moi… et n'en était plus ressortie ! Quelle force de défi était en elle pour qu'elle accepte de prendre *tous les risques* ? L'amour, la passion suffisent-ils ? Que se cachait-il dans cet être gracieux et souple qui pouvait justifier ce désir de risque dont tout le monde autour de nous disait d'avance qu'il était vain ? Car au départ nous n'avions aucune chance de "réussite", ça nous le savions… ou plutôt seule la chance d'être ensemble nous paraissait suffisante. Nous n'attachions foi en aucune autre valeur que ce "tout notre temps ensemble" car nous nous préférions. Mais est-ce suffisant ? L'attrait physique, la sensualité d'une coïncidence parfaite n'expliquent pas cet attrait. Qu'y avait-il d'autre ? Sa beauté qui ne cessait de me stupéfier à elle seule ne suffisait pas. Mon mal de vivre à lui seul ne suffisait pas non plus. Alors ? Alors il faudrait peut-être *nous* oublier pour tenter de comprendre, je veux dire oublier ce qui unissait deux corps, deux tempéraments pour penser à ce que nous trouvions excitant à vivre et à partager. Je parle des œuvres admirées, de certains destins admirés, de défis admirés… œuvres et défis auxquels nous adhérions, destins desquels nous nous sentions proches sans pour cela nous identifier car nous ne cessions de modeler en quelque sorte à l'inspiration notre identité propre. Nous étions et nous nous sentions parfaitement neufs… tout en puisant nos forces vitales principalement dans les écrits des auteurs peu conformes… sans qu'ils soient pour cela forcément anticonformistes. Je ne ferai pas ici la liste des livres qui nous formèrent ou tout au moins nous aidèrent à nous former. Mais si j'éprouve le besoin d'écrire à ce sujet c'est encore pour *la dire*, oui dire qu'elle était toujours devant moi, en éclaireuse de nos lectures. Je ne donnerai que deux exemples qui semblent aujourd'hui “conformes” mais qui à l'époque de leur révélation montraient un goût très sûr pour le rare et l'inhabituel de la part de leurs premiers lecteurs en France. Malcolm Lowry, avec *Au-dessous du volcan*, et un peu plus tard Thomas Bernhard, avec *Gel*, *Béton*, *Corrections*, etc. livres qu'elle lut parmi les premières en leur temps, et relut jusqu'à rendre presque jaloux le peintre arrivé à l'impasse qui, par cet amour qu'elle montrait pour ces sortes de lectures, prit à son tour la plume avec le désir de la séduire *aussi* par ce moyen, en plus de sa peinture. C'est vrai, pour l'enclore dans ma création, aucun champ de séduction créatrice ne me semblait interdit : peindre, écrire des poèmes et des romans, composer de la musique pour *la* mettre en chanson, l'amuser par des pièces de théâtre… c'est ainsi que durant toute ma vie avec elle je n'aurai cessé d'occuper son esprit et son amour. Voilà pourquoi de plus en plus, à la complexité amoureuse qui nous liait, s'ajoutaient maintenant les jeux de création auxquels elle participait de toute son intelligence à la fois instinctive et raisonnée. Que l'on comprenne maintenant l'immensité de mon malheur ! Je sais combien *celle d'avant* aurait compris mieux que quiconque ce texte et l'aurait apprécié… Nous l'aurions relu allongés au soleil sur la couverture jetée dans l'herbe devant la maison. Chaque mot, chaque phrase aurait été pesée avec la joie du partage et surtout le plaisir de construire ensemble de petits édifices grammaticaux dont le contenu nous aurait ressemblé à l'un comme à l'autre… Ah comme nous aurions été fous de bonheur couchés ensemble en cette relecture ! La lumière d'automne douce et vraiment dorée – non, ce n'est pas une métaphore – pénètre en ce moment jusqu'à moi au fond de cette pièce de plain-pied avec la terrasse jonchée de feuilles d'un jaune-roux tombées du plaqueminier. Mon amoureuse malade dort dans la véranda. Elle ne cesse de dormir ; je vis la plupart du temps maintenant avec son corps endormi. Les quelques gouttes en forme de larmes opalines que honteusement je verse dans le jus de raisin dont elle raffole suffisent donc à la rendre un peu plus *détachée*, plus lointaine, déjà partie alors que tout en moi crie après ce qu'elle était, au point de me rendre fou. Oui, je suis fou d'elle telle qu'elle était, elle me manque, et d'écrire ces pages ne fait qu'accuser ce manque. Tu ne les liras pas, mon amour ! Ah, c'est intolérable ! Pourtant je sais que tu les aurais aimées, oui elles auraient été à ton *goût* !

*

Dans l'espoir de l'occuper un peu et surtout de la distraire, j'ai fait installer à *La Béate* un poste de télévision relayé par satellite. Donc ça y est, nous y sommes venus : la crudité des "images" d'aujourd'hui est entrée pour la première fois dans le cercle esthétique jusqu'à présent fermé de ce vallon ! Depuis, chaque soir, à la tombée du jour, quand arrive l'heure grise, j'essaie de trouver une émission dont les images pourraient fixer son esprit. Je l'installe sur le canapé face au poste… mais très vite je constate que son regard est ailleurs, comme si elle n'avait repéré ni le mouvement ni les couleurs sur l'écran lumineux… pendant que le chat, lui, couché sur ses genoux, regarde avec une étrange curiosité ce qu'il semblerait percevoir comme des proies inaccessibles. Parfois il saute à terre et donne quelques coups de patte sur le verre lumineux mais très vite il se lasse et retourne près de la femme malade, raide et absente, qui l'accueille avec un peu de peur et à la fois je crois un certain plaisir. Je passe d'une chaîne à l'autre. "Regarde", lui dis-je. "Quoi ? me dit-elle. Où ?" Je ne peux croire qu'elle n'a pas repéré le poste d'où irradient les couleurs violentes de *l'image-lumière*. Mais non, elle regarde dans une tout autre direction… Puis soudain, la voilà intéressée… Une phrase, quelques mots dits sur *un ton différent* par une voix *différente* l'ont sortie de sa léthargie. Et comme je l'ai constaté déjà à plusieurs reprises, que ce soit pour la musique ou pour quelqu'un qui tient un discours intelligent, elle semble immédiatement se réveiller. Je la vois qui écoute, qui apprécie, qui suit nor-male-ment soit les différents mouvements musicaux soit la pensée de celui qui parle. Que se passe-t-il en elle ? Ecoute-t-elle vraiment ? Je n'en suis pas sûr. J'imagine plutôt que son instinct, qui aurait conservé ce que je définirais comme le sens de la qualité, son instinct qu'elle ne contrôle pas, serait, lui, resté d'une intelligence parfaite. Hors de sa volonté, hors de son savoir, il continuerait donc à reconnaître ce que son esprit ne perçoit plus, c'est-à-dire un raisonnement, des idées, l'émanation d'un esprit, quelque chose comme une poésie du *goût*, du non-vulgaire, de ce qui porte en soi une mystérieuse justesse. Et encore une fois je ne peux m'empêcher de penser à l'empreinte vide de cette femme couchée retrouvée à Pompéi quand j'imagine que c'est l'empreinte de l'intelligence, de la justesse de goût, de la parfaite plénitude, dont Danièle était on pourrait dire entièrement modelée, qui agissent encore sans elle en elle. L'ombre de ce qui la transcendait semble être restée intacte en elle. A aucun moment elle ne se trompe sur la qualité de ce qu'elle peut encore percevoir. Elle me stupéfie par de soudaines remarques qui lui viennent comme si elles étaient émises par *l'autre elle*… ou tout au moins l'empreinte de cette *autre elle* demeurée immuable dans ce corps et aussi peut-être dans cet esprit apparemment défaits. Dans ces moments, j'ai l'impression que la cloison est mince entre ce qu'elle était et ce qu'elle est, qu'il suffirait de si peu de chose pour la ramener *à elle*.

Il est trois heures du matin. J'écris, avec une très forte conscience de ma solitude tout en sachant l'amour de ma vie, par bonheur encore là, endormie au-dessus de moi, dans ce que fut *notre* chambre. Le grand silence de la nuit m'entoure… et je me demande pourquoi à aucun moment, pendant l'écriture de ce texte, je n'ai été tenté de reconstituer "romanesquement" ce qui se passe en Danièle, d'imaginer ce qu'elle sent, ce qu'elle voit, ce qu'elle sait d'elle et ne veut pas savoir de sa maladie. Après un moment de réflexion, j'en conclus qu'à aucun moment je n'ai été tenté de me *mettre à sa place*, puisque je ne pouvais, même faiblement, imaginer ce qui se passe en elle. L'imaginer aurait été de ma part aller tout droit à la folie. Entrer en elle aurait été ne plus en sortir, sombrer en elle. Entrer en elle aurait été mourir ! Non, dès les premières lignes j'avais chassé de mon esprit toute tentation de fiction puisque la reconstitution par l'art de ses absences intérieures… je veux dire mettre en forme la sensation d'insaisissable, d'informe qui l'emplit – chose qu'elle cherche parfois à me communiquer – aurait risqué de me dévoyer de mon but qui est d'interroger principalement la rencontre de nos états réciproques et le tragique de leurs continuelles fluctuations. Ce sont ces frottements inégaux qui me tiennent en curiosité désolée. Et puis surtout ce qui m'obsède, la question qui nuit et jour me poursuit, c'est : mais qu'est-ce que l'amour, alors ? Sur quoi se fonde-t-il puisque le corps à lui seul ne lui suffit pas, puisque l'intelligence à elle seule ne lui suffit pas non plus ; puisqu'il est évident qu'il y a *principalement* autre chose en plus de l'intelligence et en plus du corps. Ce serait donc vraiment dans le mystérieux univers des neurones que se situerait *ce principe, ce charme* ? oui ce quelque chose d'indéfinissable qui apparaît cruellement – disons en creux – quand meurent les neurones, et que *tout le sublime de l'être* s'effondre à mesure de leur disparition…

Désormais quand vient le soir, pour la distraire du vide gris qui la pénètre avec la lente extinction du jour, je l'installe donc devant la télévision, sur le canapé de la véranda. Nous sommes dans une sorte de cage faite d'arceaux en fer forgé et de verre par laquelle on peut voir le luxuriant paysage de palmes et de feuilles oxydées par l'automne se déployer en ombres de plus en plus denses contre le ciel que le couchant colore de sa lumière changeante. Elle aime ce paysage, ces couleurs délirantes du soir, et m'en parle avec des mots qui semblent s'être fixés à jamais en elle. "Regarde, c'est beau", dit-elle simplement. Elle ne sait nommer les arbres, ni les palmes, ni les nuages roses puis rouges contre le fuyant bleu-mauve du ciel, mais elle sait dire à quel point elle est sensible à tant d'étrange beauté par ces quelques mots qui lui restent. De même pour les roses, les lis, les anémones que je dispose en différents bouquets, et dont la véranda est constamment remplie, pour elle, à profusion. Elle aime ! "C'est beau", dit-elle. Et moi j'aime l'entendre dire qu'elle aime ! Oui, j'aime quand *elle dit* son plaisir de ces fleurs toujours renouvelées et qui jamais ne se fanent, lui semble-t-il. Comme j'aime la voir encore émerveillée de ce paysage singulier dont nous avons à la longue embelli *La Béate*. Alors que tout s'effondre pour mon pauvre amour, reste ce sens de "la beauté". Une sorte de candeur proche de l'idiotie… ou des merveilles de l'enfance qui lui fait immédiatement exprimer ce qu'elle ressent de positif. Ainsi dans la rue s'arrête-t-elle devant la beauté, n'hésitant pas à dire avec une émouvante conviction : "comme vous êtes belle" à la passante qu'elle croise. Pareil pour *tous* les enfants qui *tous* sont beaux pour elle. Elle le dit à la mère, aux parents, elle prend même à témoins ceux qui passent autour. Et moi je suis heureux et rassuré qu'il lui reste cette candide vision du monde qui l'entoure. Tant qu'elle distingue et nomme la "beauté", elle n'est pas complètement perdue, me dis-je, tant qu'elle qualifiera de "beaux" ces points lumineux dans son obscurité, elle ne sera pas ce vivant cadavre promis par la neuropsychiatre de Paris ! Elle sera encore et toujours elle par cette reconnaissance de la “beauté”...

Nous n’avons pas bougé de la véranda, assis tous les deux face au poste allumé. Alors que le dehors s’efface peu à peu, j’essaie en vain de trouver une séquence, une image, un visage qui pourraient ne serait-ce qu’un instant fixer son attention dans l’étroit écran lumineux. Mais non ! Rien ! Tout l’ennuie et provoque même son dégoût. Au moment de renoncer, m’apprêtant à la subir pour la soirée, vacante et accablée de tristesse, j’ai l’idée d’introduire la cassette vidéo de *La Ruée vers l’or* de Chaplin. Aussitôt, le noir et blanc capte son regard. “Tiens, je reconnais”, dit-elle. “Oh, je connais bien ! – Tu crois ? dis-je, retenant mon souffle. Te souviens-tu du titre de ce film ? – Le titre non mais j’ai vu ça au moins quatre fois”, dit-elle, accaparée par les premières images plus que par leur sens, je m’en rends vite compte. L’action ne l’intéresse pas. Seuls certains plans la retiennent. Evidemment les plus beaux, les plus esthétiques. Et puis, à ma grande surprise, elle est intéressée par le “petit homme”. Elle s’indigne ou compatit presque normalement ! Depuis longtemps aucun film n’a pu la retenir plus de cinq minutes. “C’est vite compris”, voilà ce que laisse entendre son attitude. Elle se comporte comme si son intelligence était très au-dessus de ce tas de niaiseries, à tel point qu’il m’est arrivé d’en être presque irrité. Je pensais même que c’était une façon assez maligne, oui une ruse agaçante et à la fois émouvante venant d’elle, qu’elle employait pour donner le change sur ses capacités d’ouverture mentale. Et voilà qu'elle s'éveille à Chaplin ! Elle le trouve "génial", elle s'étonne qu'un homme "seul", dit-elle, ait réussi à inventer tant de moments de rire et d'émotion… bien qu'elle ne rie pas et ne soit nullement émue. Elle apprécie presque avec détachement, et même avec une certaine condescendance, en esthète de l'esthétique, et en esthète de l'éthique, vraiment ! C'est non seulement "beau" mais "bien" voilà ce que dit son attitude… alors que moi, pendant ce temps, je suis entré entier dans ce film ; j'y suis entré tel que j'étais moi-même à l'époque, en loques et démuni de tout, oui tel que j'étais quand j'ai connu cette merveilleuse jeune femme, pour moi si *étrangère*, prénommée Danièle, alors que j'étais dans une situation comparable à celle de ce "petit homme", seul, plongé dans une misère semblable et un désespoir semblable… Et voilà qu'un demi-siècle après, elle sourit de très loin comme si elle assistait aux mœurs curieuses de petits insectes noirs, réagissant un peu par moments quand apparaît le visage de l'héroïne, sans pour cela s'identifier à elle… tandis qu'il me semble revivre l'inoubliable nuit de l'An cinquante quand *j'ai su* que c'était *elle* et aucune autre, et qu'*elle a su*, m'a-t-elle dit tant de fois, que c'était moi et pas un autre. Notre rencontre, notre coup de passion, notre certitude mutuelle que c'était *toi*, nous nous les sommes racontés tant de fois avec la jouissance que mettent les enfants à s'entendre rabâcher indéfiniment le même conte ! Et je peux dire qu'elle, encore plus que moi, adorait ces réminiscences. Combien de fois aussi n'a-t-elle pas comparé nos premiers pas ensemble à ces deux silhouettes un peu tremblées qui diminuaient sur la célèbre route d'une perspective sans fin ? Un moment, quand elle s'était ressouvenue des premières images de *La Ruée vers l'or*, montrant presque de la joie à les reconnaître, j'avais espéré voir renaître chez elle un état émotif bien connu pour ces séquences à la limite de la mièvrerie qu'elle n'acceptait que du seul Chaplin. Comme elle aimait pleurer sans honte, près de moi, à ces finales où passait tant de bonté et de tendresse ! Chaplin avait tous les droits. Même de laisser s'effeuiller une rose alors que la petite fleuriste miraculeusement guérie de sa cécité *reconnaît* dans la pression de main du dernier des sous-hommes son invisible "bienfaiteur". Car bien sûr, aujourd'hui, sur ma lancée, lui ayant passé *Les Lumières de la ville*, il m'a fallu constater qu'elle voyait sans voir et sans ressentir cette émotion qui l'avait chaque fois révolutionnée jusqu'au sanglot quand en effet s'effeuille la rose et que l'aveugle reconnaît enfin celui dont la bonté avait éveillé son amour… Cette sérénité indifférente ressemble si peu à celle que j'ai connue tellement entière en ce qu'elle vivait. Avant ce médicament qui me la rend plus facile à vivre, c'est vrai, elle serait tombée en pleurs d'émotion. Sa souffrance avait encore des larmes, du sang chaud, en quelque sorte, alors que la voilà maintenant tranquille, dans un état de souffrance blanche, oui incolore, et que nous n'avons même plus d'émotion à partager. Finies les larmes ! Ses yeux rétrécis et à l'éclat mort n'ont plus de larmes en réserve. Le malheur les a asséchés… Comment comprendre cela ? J'ai aimé à la folie vraiment *quelque chose* de précis et cependant d'insaisissable qui s'est effacé en elle. Ce *quelque chose*, Alzheimer me l'a volé, me l'a dévoré, m'en a privé à jamais et de cela je ne me console pas ! Seuls certains insectes de la famille des hyménoptères nommés sphex seraient semblables à cet Alzheimer par leur terrible "science" de l'anesthésie. Exactement comme ce fléau nommé Alzheimer, le sphex pique sa proie aux points névralgiques, ce qui la rend apparemment morte bien que vivante dans son abominable engourdissement. Seulement alors, l'insecte dépose son œuf dans la chair de cette vivante provision laissée à sa larve foreuse. Lentement et avec une étrange science, la victime sera dévorée sans que ses centres vitaux soient touchés de sorte qu'elle demeure en morte-vie jusqu'à l'instant où la larve, au moment de devenir sphex à son tour, achève son horrible festin. Avec les crapauds de Verrières-le-Buisson, et "la morte sans cadavre" de la neuropsychiatre parisienne, l'image du sphex ne cesse de me hanter. Comment est-il possible que ma si douce, ma si tendre, ma si proche ait pu être précipitée encore vive en cet enfer ?

*

Comment ne pas être exaspéré ? Comment garder ses nerfs de toute exaspération quand après une phase de calme, voilà que celle qui semblait avoir compris combien il est difficile d'être le prisonnier-servant d'une malade qui ne s'exprime plus, qui ne lit plus, que rien n'intéresse, qui s'ennuie… que brusquement cette malade vous dit qu'elle pourrait très bien se passer de vous, qu'elle est "comme tout le monde", et que si elle a quelques difficultés à se débrouiller seule il vaudrait mieux que je m'abstienne de les exagérer. Evidemment, aucune parole venant d'elle ne devrait être prise à la lettre, ça je le sais, mais il faut croire qu'en dehors du savoir et de l'intelligence, se tient tapie en vous la bête de nerfs silencieuse, ramassée sur elle-même, prête à bondir à force d'exaspération retenue. Ce serait un peu comme si la charge à supporter avait des limites très précises. Un mot de plus et c'est l'explosion. Le calme peut durer quelques jours, même une semaine mais immanquablement arrive le moment où l'être sensible n'en peut plus de subir et de se taire. Peut-être qu'une femme aurait un champ plus étendu de patience mais pour ma part, régulièrement, vient le moment où la limite est atteinte. Une lourde colère commence à se préciser en moi, ça y est, je lui en veux d'être si sûre d'elle… comme il y a quelques jours à peine, je me désolais de son trop d'humilité. Je n'en peux plus ! C'est trop pour moi seul ! Dès l'aube ça commence ! Préparer le petit-déjeuner ; ensuite malgré ses réticences irritées démêler ses longs cheveux ; ensuite faire les lits ; ensuite ranger l'impossible désordre de sa chambre, ensuite nettoyer le cabinet de toilette où tout est resté derrière elle sans qu'elle le sache… et sans que je puisse le lui dire dans l'espoir d'un mieux… Mais à quoi bon entrer dans le détail de ce "chaos de gouttes" qui font mon "océan" de misère ?… Sans cesse je passe par des états différents, si bien qu'à aucun moment je ne suis sûr d'être celui de l'instant d'avant. Il suffit que je la regarde pour être vraiment submergé par des sentiments contradictoires qui vont d'un terrible apitoiement plein de tristesse et de douceur à la plus violente des rébellions. Je suis bouleversé par cet air perdu qui donne à son visage une expression vide, un peu hagarde. J'aimerais la protéger, la prendre contre moi, la réconforter… et en même temps je sais qu'elle ne saurait pas, dans un moment comme celui-là, qui je suis et pourquoi je lui parle avec cet air de désolation douloureuse. Plus rien en elle ne lui ressemble. Un pauvre sourire niais, tel qu'en ont souvent les sourds, fend sa bouche aux lèvres pourtant encore si belles. Elle semble se réveiller en un monde qu'elle ne connaît pas. Sa démarche est précautionneuse, on la croirait bloquée des hanches. Elle dit d'une voix hésitante : "Tiens, je me croyais par là-bas, de l'autre côté… Ici c'est où ?" Elle a un geste mou de la main qui n'indique rien d'autre que le vide en elle, qui doit l'effrayer… Et soudain elle se détend. C'est comme si elle venait de comprendre où elle se trouve et à quel point elle délirait. Je sens même qu'elle me reconnaît un peu… montrant que l'instant d'avant elle ne savait pas qui j'étais. "Ah, c'est affreux, dit-elle, maintenant je sais…" Elle se reprend et d'une voix changée, vraiment désolante de fausse assurance, elle s'exclame : "Mais bien sûr que je sais ! Voyons, je connais tout ! C'est ridicule ! Je connais mieux que toi tout ça ! J'y ai vécu depuis toujours, bien avant toi ! Toi tu n'y as pas vécu, ici ! J'y suis même née !" Et à ma honte, je dois avouer que ce ton, cette façon de m'exclure de nos années heureuses, m'est insupportable, me secoue intérieurement, si bien qu'au lieu de laisser tomber j'entre en dialogue avec elle, ou plutôt j'entre en folie avec elle, éprouvant presque une volupté à ne plus me contenir.

Et stupidement, au lieu de la laisser dire, je m'acharne à rétablir la vérité comme si cela avait encore de l'importance. Je ne peux m'empêcher de lutter pour que notre si long, si merveilleux passé ne soit pas comme ça, d'un coup, définitivement effacé de sa mémoire. Je ne veux pas qu'elle meure à nous ! Non, pas ça ! Non, non, pas cet oubli ! Mais sa certitude d'avoir raison donne à son visage un air de supériorité dédaigneuse. Notre histoire est morte en elle ! Notre histoire n'est plus ! Notre histoire n'a jamais eu lieu ! Me voilà moi aussi entré en délire. J'ai un mouvement vers quelques-uns de mes livres rangés dans la bibliothèque. J'empoigne *Les Années Lula*, *Les Années-lumière*, ces livres qui sont *nous*. "Et ça ? et ça ? Tu connais ces livres ? Sais-tu au moins qui les a écrits… et pour qui ? Sais-tu combien il y a d'amour passionné dans ces livres ? – Oh, je les connais mieux que toi ! dit-elle. Je les ai lus bien avant toi !… Rends-les-moi ! Ils sont à moi ! Ils ont été écrits par quelqu'un que tu n'as pas connu… quelqu'un que tu n'as pas pu connaître !" Pris d'une rage stupide, je tente de les déchirer, oui, j'aimerais les détruire pour la *réveiller à nous*, les faire disparaître de la surface du monde comme elle m'a rayé en elle de la surface du monde, j'aimerais lui faire mal en les détruisant, lui faire reprendre conscience en les détruisant, bien que je trouve dérisoire de m'en prendre à ces livres qui ne sont qu'une fraction d'un nombre considérable de tirages identiques. Exaspéré par son indifférence, je les rejette cherchant désespérément par quel moyen la "toucher", toucher le peu qu'il lui reste de son "âme neuronale"… à vrai dire désirant *nous tuer* en frappant le peu qu'il lui reste de conscience, comme elle vient de me *tuer* en niant mon existence, en ignorant mon inaltérable passion pour elle, en ne sachant pas mon désespoir. Et soudain je sais ! J'avise *L'Oiseau du Mexique*, ce tableau unique, irremplaçable pour elle, ce tableau fétiche que toute une vie elle s'est refusé à vendre même au pire des moments de fauche, et qui toujours nous a suivis partout. A lui seul il représente *notre rencontre.* Je venais de l'achever quand la merveilleuse jeune femme était entrée pour la première fois dans ma chambre. Elle en avait été séduite avant même que je ne la séduise. Par ce tableau, en une seconde elle avait *tout* su, *tout* compris de moi. Et depuis elle y tenait "plus que tout au monde", m'avait-elle dit et redit tant de fois, comme une déclaration d'amour sans cesse renouvelée. Il était là, irradiant de tranquille douceur, sur le mur de cette pièce où j'écris… Et c'est alors que je voulus… et crus commettre l'irréparable. Saisissant le tisonnier, je frappai le tableau avec tant de force que le fer s'y enfonça, le déchirant dans sa partie centrale. Du coup j'en fus dégrisé. Aurait-elle poussé un cri, aurait-elle tenté un tant soit peu de m'empêcher que j'aurais continué à lacérer ce tableau aimé d'elle, jusqu'à complète destruction car cela aurait signifié qu'elle pouvait encore souffrir de *nous*, que *nous* étions encore vivants en elle. Mais son silence profondément détaché m'arrêta. Son silence sauva ma toile. Indifférente à mon crime, elle semblait n'avoir rien vu… et surtout rien ressenti. Oui, elle était donc bien au-delà de *nous* maintenant. Je reposai le tisonnier et, anéanti de douleur, je l'aidai à monter dans sa chambre. "Bonne nuit, mon chéri", elle le prononça, comme chaque soir depuis sa maladie, avec une gentillesse un peu froide, empreinte d'une tristesse détachée. Je l'embrassai sur le front, avec cette fois le sentiment que nous nous quittions pour toujours.

Je redescendis et, décrochant le tableau, dans l'horrible solitude de la nuit, je commençai immédiatement sa restauration. Ayant retrouvé un fond d'enduit, je refermai la blessure de sorte que les deux lèvres de peinture se touchent… Ensuite, quand cet enduit fut sec, je pris les couleurs et les pinceaux depuis longtemps abandonnés par Danièle, et, délicatement, je passai les tons de base, comme si j'avais retrouvé "la main du jeune peintre" que j'avais été à la veille même de la rencontrer, oui celle qui devait devenir *la femme de ma vie* ! Tragiquement, la boucle se refermait, l'homme vieillissant et le jeune peintre sans espoir que j'avais été avant de la rencontrer venaient de se *rejoindre* ! "Ainsi, elle est donc bien finie *notre* vie !" me disais-je, tout en maquillant avec une douloureuse patience la blessure de ce tableau qu'elle avait tant aimé. Dans la morne solitude de cette pièce du bas – où je ne fais plus qu'écrire et souffrir mon amour perdu –, en quelques jours, j'avais fini par raccorder avec une telle perfection les tons si délicats de *notre* tableau que plus rien ne trahissait mon geste de violence… si ce n'est une large épissure en son revers… Cet événement "limite" montre jusqu'où peut déchoir celui qui assiste à la mort vivante de l'être aimé. Comment admettre *que plus rien ne provoque d'émotion* chez quelqu'un qui n'était que sensibilité émotive ? Du rire aux larmes, en passant par toutes les nuances du sensible, ainsi l'amour de ma vie avait-elle vécu tant d'années sous mon regard insatiable d'adulation ! Oui, sa sensibilité ne tombait jamais dans ce qu'on nomme avec dédain la "sensiblerie". Pour ça encore, comme pour le reste, son *goût* très ferme et si sûr lui permettait de s'aventurer là où quelqu'un de vulgaire n'aurait pu le faire. Son rire si merveilleux à entendre, ses larmes de bonheur ou de tristesse si merveilleuses aussi, ses silences émus, tout ce qui faisait affleurer ses sentiments avait cette netteté qui ne laissait aucune prise à une certaine complaisance qu'elle aurait été la première à ne pas supporter. Cette souplesse à la fois rigoureuse et libre dans ses comportements émotifs fait qu'elle "se tient" encore tout aussi élégamment aujourd'hui malgré la maladie qui l'éloigne de ce qu'elle était tout en lui permettant de garder intact ce *goût* si sûr et cette étonnante dignité. En cela elle est restée une personne... Ou plutôt comme je l'ai dit *l'empreinte* de la personne qu'elle a été la dessine sur le vide effrayant qui l'emplit. On prétend qu'Alzheimer rend méchants les méchants et bons les bons. Je le crois. Je le constate à chaque instant avec elle. Non seulement elle est restée profondément bonne dans le sens d'une non-violence de tout son être mais de plus elle n'accepte une chose qui pourrait lui faire plaisir qu'après l'avoir proposée autour d'elle – comme on le voit faire parfois à certains enfants touchés par la grâce innée du don... Oui, cet Alzheimer qui rend aveuglément égoïste, dit-on, l'a laissée tout aussi généreuse si ce n'est plus...

Il m'a semblé l'entendre gémir là-haut... Je me précipite et monte sans faire de bruit... En effet, elle erre dans le noir à travers la chambre... "Ma chérie, tu ne dors pas ? Pourquoi ne m'as-tu pas appelé ?" Par quelques paroles balbutiées, je comprends qu'elle vient de vivre un cauchemar dont il ne lui reste qu'une profonde terreur. Elle a peur, très peur. Elle geint : "Ah, je veux vivre, vivre !... Je veux tellement vivre !... La vie !

La vie !…" Je l'attire près de moi sur le lit et la prenant dans mes bras je la berce doucement. Elle prononce apaisée : "Oh merci ! Merci ! Maintenant je vais dormir tranquille… Merci mon chéri…" Je la couche et, au lieu de la quitter, je m'allonge près d'elle. Sa tête est sur mon épaule comme tant de nuits il m'arrivait de la bercer. "Dors ma chérie, dors… je suis là, dors… – Oh merci, merci mon amour…" Déjà sa voix est loin, très loin, perdue…

Suffit ! Il m'est trop pénible d'écrire ce texte déchiré ! Quel troublant amour en refus de mourir me pousserait à ne pas me presser de le conclure ? Tout noter, instant par instant, jour par jour ?… Non ! Ce serait trop cruel ! Et pourtant ce manuscrit terminé que deviendrai-je ? Que ferai-je pendant ces ultimes *années Lula* qui ne seront bientôt *que* maladie ? Cependant, je lui dois, je me dois d'arrêter ce témoignage avant la trahison physiologique promise par la neuropsychiatre ! Non, je n'irai pas plus loin ! Je n'entrerai pas dans d'autres détails. Nullement par pudeur mais par manque de mots tendres pour les dire autrement qu'avec les termes cliniques employés par la neuropsychiatre de Paris. Je ne "raconterai" pas ce vide affeux dont nul n'est jamais revenu pour en faire connaître la douleur, oui cette "nuit" qui doucement tombe en elle… et sur moi. D'avance je m'y refuse, bien qu'au début de ces pages je m'étais promis de ne rien passer sous silence d'aller au maximum de ma sincérité qui est le contraire du "mentir vrai" tant privilégié par ceux qui mettent leur bizarre foi dans l'écriture. La vie a créé, en Alzheimer, le plus horrible des "mentir vrai". La confusion du vrai et du faux assassine à la fois les malades et ceux qui se confondent en eux par amour ou par devoir ou par nécessité de survie. Cet assassinat des apparences ne peut s'écrire. Il n'y a pas de mots pour dire ce qui ne peut se dire. Je ne prétendrai pas que ce qui ne peut se dire ne doit pas être dit, et encore moins que ce que l'on ne peut dire il faut le taire, non je dirai plutôt que ce qui ne peut être dit manque de la force vitale nécessaire pour inventer les mots pour le dire. Les mots de la *fin* manquent à Alzheimer. Alzheimer tue les mots qui pourraient dire Alzheimer jusqu'à la *fin*…

OUVRAGE RÉALISÉ
PAR L'ATELIER GRAPHIQUE ACTES SUD
REPRODUIT ET ACHEVÉ D'IMPRIMER
SUR ROTO-PAGE
EN AVRIL 2003
PAR L'IMPRIMERIE FLOCH
A MAYENNE
POUR LE COMPTE DES ÉDITIONS
ACTES SUD
LE MÉJAN
PLACE NINA-BERBEROVA
13200 ARLES

DÉPÔT LÉGAL
1re ÉDITION : MAI 2003
N° impr. : 57088
(Imprimé en France)